author
kimimaro
illust.もきゅ
5
JN131672
家で無能と
言われ続けた俺ですが、
世界的には
超有能
だったようです

クルタ
「うん、なかなかわかっているじゃないか！」

「姉の美しさを
素直に認められるとは、
ノアもなかなか成長したな！」
ライザ

「みつけた」
エクレシア

ジーク（ノア）

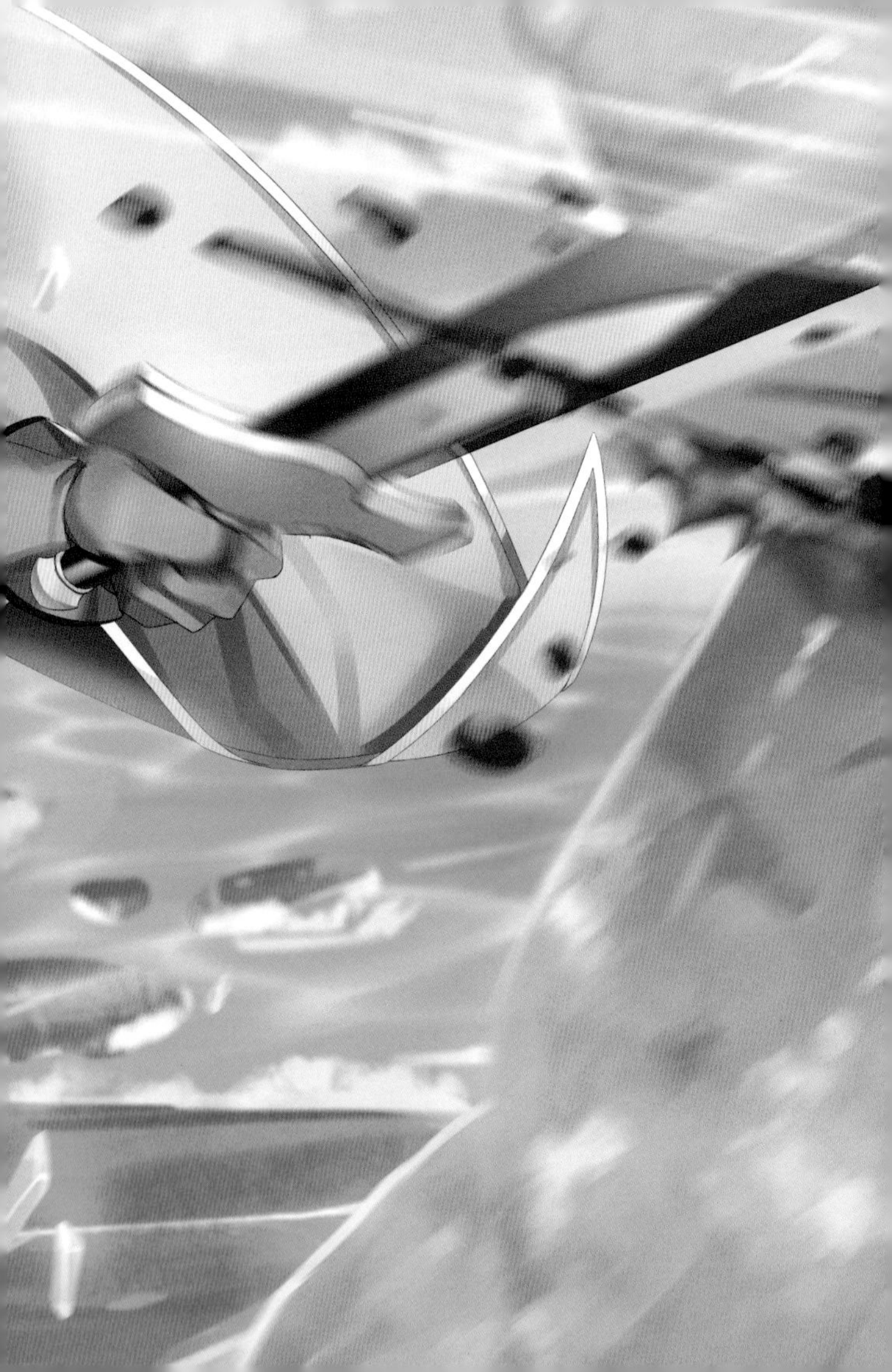

「はぁぁぁっ!!」

contents

家で無能と言われ続けた俺ですが、世界的には超有能だったようです 5

kimimaro

GA文庫

カバー・口絵・本文イラスト
もきゅ

第一話

芸術の都へ

「こいつが……」

ヴェルヘンでの事件が終わった数日後。

ラージャへと戻った俺《おれ》たちは、さっそく聖剣をバーグさんの店に持ち込んだ。

流石《さすが》のバーグさんも、これほどの剣を見るのは初めてなのだろう。

いつになくその眼は真剣で、ずいぶんと興奮しているように見える。

「ひどく劣化しているが、元は間違いなく名剣だな。この腐食は恐らく、呪《のろ》いによるもんだ」

「呪い？」

「ああ。魔族を切った時にでもかけられたんだろう」

「つまり、呪いを解けばこの剣は元に戻るってことか？」

「いや、解いたところでこのままだ。そもそも、呪い自体は風化して消えちまってるよ」

バーグさんの返答に、俺たちは軽く肩を落とした。

呪いを解くだけなら、最悪、ファム姉さんにでも頼ればどうにかなるのだけど……。

剣自体が劣化しているとなると、やはり打ち直してもらうしかない。

バーグさんの技術だけが頼りだ。

「……直せそうですか？」

「俺を誰《だれ》だと思っている？　いくらか時間はかかるが、何とかしてみせるさ」

「流石、ラージャで一番の鍛冶師《かじし》だぜ。伊達《だて》にドワーフやってねえな！」

「おうよ。だが、いくら俺でも材料がないことにはどうにもできん。あいにく、それはここにはねえな」

お手上げ、とばかりに両手を上げたバーグさん。

ううーん、バーグさんでもやっぱりそうなってしまうか。

「……材料というと、オリハルコンですよね？」

「正確には、オリハルコンをベースにした合金だな。俺たちドワーフが生み出した最高の金属さ」

「それが、どのぐらいいるんです？」

「最低でも、こぶし大ぐらいの塊《かたまり》がいるな。一応、オリハルコン以外は俺の伝手《つて》でどうにかなるが……」

俺たちの沈んだ顔を見て、それとなくフォローを入れてくれるバーグさん。

しかし、残念ながらまったくフォローになってはいなかった。

この世で最も希少な金属とされるオリハルコン。

それをまとめて手に入れるのは、困難というよりも不可能に近い。

「……こうなると、やっぱりカナリヤ鉱山に潜るしかねーか」

「やめとけ。新たに採掘されたオリハルコンなど、俺でもここ十年は見ていない」

「マジか……」

「いっそどこかの城の宝物庫でも漁《あさ》ってくる方が、現実的だろうよ」

バーグさんにそう言われ、俺たちはいよいよ困ってしまった。

既に武器となっている物を、鋳潰《いつぶ》すよりほかはないということだろう。

しかし、そんなとんでもない武器の在処《ありか》を俺たちが知るはずはない。

いや、ひょっとして……。

俺たちの視線が、自然とライザ姉さんの方に向く。

剣聖である姉さんならば、目にする機会があったかもしれない。

「うーん、オリハルコン製の剣は何本か知っているが……。どれも国宝だぞ」

「あー……」

「いや、ちょっと待てよ。ひょっとすると……」

ふと、何かを思い出したように考え込むライザ姉さん。

やがて彼女は、声を弾《はず》ませて言う。

「ヴァルデマールという貴族を知っているか？」

「ええ。エルマールの領主ですよね？」


エルマールというのは、大陸南部の湖畔《こはん》に位置する大都市である。

古くから交通の要衝《ようしょう》として栄えていて、芸術都市としても知られている。

そこを治めるヴァルデマール家もまた、大陸屈指の美術品コレクターとして有名だ。

エクレシア姉さんの絵をよく落札していたので覚えている。

確か現在は、女性が当主を務めていたはずだ。

「そういえば、あの家でオリハルコンの短剣を見た覚えがあってな。あれならば、材料として使えるかもしれない」

「なるほど、確かにヴァルデマール家なら持っていても不思議じゃないですね」

「でも、オリハルコンの短剣なんて持ってたとしても譲ってもらえるかな？」

首を傾《かし》げて、疑問を呈するクルタさん。

確かに彼女の言う通り、そう簡単に譲ってくれるとは思えない。

お金か、もしくはそれに準ずる対価が必要になってくるだろう。

「しかし、他に当てもありません。行ってみる価値はあると思います」

「おう、すぐに出かけようぜ！」

手を振り上げ、元気よく号令を掛けるロウガさん。

……理由はわからないが、ずいぶんと乗り気である。

それを見たライザ姉さんが、少しばかり呆《あき》れた顔をして言う。

「そういえば、ヴァルデマール家の当主は大陸一の美女だとか聞いたことがあるな」

「……ロウガ、まさかその女当主が目当てですか？」

「おいおい、失礼な奴《やつ》だな！　別にそんなのは大した理由じゃ……ねえよ……」

ニノさんに睨《にら》まれて、ロウガさんの眼が泳いだ。

……ある意味でブレない人だなぁ。

俺がやれやれと呆れていると、ロウガさんはこちらを見て助けを求めるように言う。

「ジークだって、大陸一の美女って聞いたらグッとこねーか？　なぁ？」

「え？　まあ……興味がないわけではないですけど」

「む、そうなのか？」

「へえ……」

突然のことに、ポロッと本音をこぼしてしまう俺。

男なので、大陸一の美女と言われて興味が湧かないわけではなかった。

するとたちまち、ライザ姉さんとクルタさんの顔つきが険しくなる。

……な、何でそんな顔をするんだ？

俺、別にそこまで変なことは言ってないように思うけど。

「まったく、女は顔じゃないぞ」

「そうだよ！　美女に飛びついてたら、ロウガみたいになっちゃうんだから！」

「俺みたいってどういうことだよ、俺みたいって！」

「でも、そういう二人だって美人じゃないですか。大陸一かどうかはともかくとして」

俺がそう言うと、二人の動きがにわかに止まった。

そして何故《なぜ》か俺から視線を逸《そ》らすと、妙に早口で告げる。

心なしか、その頰《ほお》が赤くなっているように思えた。

「ま、まあそうだね！　うん、なかなかわかっているじゃないか！」

「姉の美しさを素直に認められるとは、ノアもなかなか成長したな！」

「え、ええ……」

「さあ行くぞ、目指すは芸術の都だ！」

サッと俺の手を握ると、そのまま引っ張りだすライザ姉さん。

その後に続いて、クルタさんたちもバーグさんの工房を後にする。

こうして俺たちは、一路エルマールを目指すのであった。


―――○●○―――

「おおー！　ここがラミア湖！」

ラージャの街を出て、快速馬車で南東に向かうことおよそ三日。

鬱蒼《うっそう》と茂る森を抜けると、煌《きら》めく水面が目に飛び込んできた。

大陸中央部を流れる大河の合流地、ラミア湖である。

その大きさは対岸の山々がかすんで見えるほどで、海と見間違えてしまいそうなほどだ。

「いい景色だ。流石、大陸屈指のリゾート地だぜ」

「時間に余裕があったら、泳ぐのもいいかもしれないねぇ」

「お姉さまがそう言うと思って、水着は持ってきてますよ」

「お、気が利《き》く！」

「当然です！　私は常にお姉さまのことが第一ですから」

そう言うと、ニノさんはどこからともなく水着を取り出して笑った。

美しい湖と彼方《かなた》に見える白い山脈。

一幅《いっぷく》の絵画を思わせる風景に、俺たちは自然と気分が盛り上がる。

こうして皆で話しているうちに馬車は進み、やがてエルマールの街が見えてくる。

「あの丘の上にあるのが、ヴァルデマール家の城ですかね？」

「ああ、そうだ。もともとは街を守るための要塞《ようさい》だったとか」

「へぇ、それで他と雰囲気が違うんだ」

淡いクリーム色の外壁に、赤い屋根が映える美しい街並み。

その奥には小高い丘があり、その頂上には重厚な巌《いわお》のような城が聳《そび》えていた。

さながら、市街地全体を睥睨《へいげい》するかのようである。

芸術の都を治める領主にしては、ずいぶんと武骨な建物に住んでいると思ったが……。

なるほど、もともと要塞だったというなら納得がいく。

あの場所ならば、街を守るにはぴったりだろう。

「中は華やかに改装されているがな。きっと驚くぞ、そこらの王宮よりも豪華だ」

「そりゃ楽しみだなぁ……」

「……ん？　あれはなんだろ？」

不意に話を遮《さえぎ》って前方を指さすクルタさん。

その視線の先を見れば、街道を遮るように検問のようなものが設けられている。

なんだろ、事件でも起きたのかな？

こんな街道のど真ん中に検問があるなんて、なかなか珍しい。

俺たちが馬車を止めると、すぐに衛兵らしき人物が駆け寄ってくる。

「エルマール衛兵隊の者だ。身分証を出してくれ」

「ああ、はい。どうぞ」

俺たちはすぐに、それぞれのギルドカードを手渡した。

それを確認した衛兵さんは、少し驚いたような顔をする。

「ほう、ラージャからとは珍しいな」

「大きな依頼をこなして、ちょっと余裕ができまして。骨休めに」

「そういうことか。それだと五人で……入市税として五万ゴールド払ってくれ」

「……え？」

予想外の金額に、俺たちはすぐに返事をすることができなかった。

入市税を設けている都市はたまにあるが、一人千ゴールドほどが相場である。

一人一万ゴールドなんて、流石に聞いたことがない。

出入りが頻繁な商人など、とても困るのではないだろうか？

「ちょっと待ってくれ。前に訪れた時は、こんな法外な税はかからなかったはずだ」

「前というのは、どのぐらい前の話だ？」

「二年ほど前だ」

「それならば、知らなくても無理はないな。この税が設定されたのは一年前だ」

「……街に何かあったのか？」

怪訝《けげん》な顔をして、思わずそう尋ねるライザ姉さん。

急にこれだけの税をかけるなんて、よっぽどの事態が起きていそうだ。

すると衛兵は、申し訳なさそうに肩をすくめる。

「理由は俺たちも知らん。領主様の一存で決まったことだからな」

「そんな無法が通るのか……」

「すまないが、規則は規則だ。払わないというのであれば、通すわけにはいかない」

「……しょうがないなぁ」

クルタさんが懐《ふところ》からそっと金貨を五枚取り出して、衛兵に手渡した。

ライザ姉さんはまだどうにも納得がいかないような顔をするが、そこへクルタさんがそっと耳打ちをする。

「ここでトラブルを起こしたら、ヴァルデマール家に行けなくなるよ」

「それはそうだが……何だか負けた気がするぞ」

「勝ったとか負けたとかじゃないでしょ、こんなの」

「だが、何というか……」

「通ってよし、これが許可証だ」

もやもやしているライザ姉さんをよそに、衛兵は手早く清算を済ませて許可証を手渡した。

それを受け取った俺たちは、再び街に向かって馬車を走らせる。

先ほどまでの観光気分はどこへやら。

馬車の中に不穏な空気が漂い始める。

「しかし、何でまた急に税金が上がったんだろうな？」

「さぁ？　城の改築でもしたんじゃないの？」

「にしても、一万ゴールドはやりすぎに思うが……」

「考えても仕方のないことだと思いますよ。あ、そうだ。お姉さまこれを」

そう言って、ニノさんはクルタさんが立て替えた入市税を手渡した。

俺たちもまた、自分の分をクルタさんに手渡す。

こういうのは早め早めにきちんとしておかないと、あとで揉《も》める原因になるからな。

「はい、着きました」

やがて街の広場に入ったところで、御者をしていたニノさんが馬車を止めた。

いななきと共に、馬がゆっくりと足を止める。

馬車の外に出ると、そこはまさしく大都会。

華やかなる芸術の都……のはずだったのだが。

どことなく、街全体に活気がない。

「……何だか静かなところだね」

「これは静かというよりも、寂《さび》れているというのが正しいかもしれません」

「おかしいな、以前に来た時はそこかしこに芸人や音楽家がいたのだが……」

そう言って周囲を見渡すライザ姉さんであったが、そのような者たちの気配はなかった。

それどころか、人通り自体がかなりまばらである。

整備の行き届いた大通りがガランとしているさまは、いっそ不気味なほどであった。

「これも入市税のせいですかね？」

「それだけじゃ、流石にここまで寂れんだろう。他にもいろいろとあるのかもしれん」

「げ……まだまだ謎《なぞ》の税金があったりするのかな？」

「わからん。だが、さっさと用事を済ませた方がいいのは確かだな」

ロウガさんの言葉に、俺たちはすぐに頷《うなず》いた。

とにかく、一刻も早くヴァルデマール家に行ってオリハルコンの短剣を譲ってもらおう。

この街にいると、何だかよくないことが起こりそうな気がする。

「じゃあ、姉さん頼みますよ？　姉さんの紹介だけが頼りなんですからね？」

「わかっている。さっさと行こう」

「……あらかじめ言っておくけど、理不尽なことがあっても暴《あば》れちゃだめだからね？」

「そのぐらいわかっているさ！　子ども扱いするな！」

ムスッとした態度で答えるライザ姉さん。

そうやってムキになるところが、心配なんだよなぁ……。

俺はそう思いつつも、言葉を口にすることなく内に秘めておく。

こうして俺たちは、姉さんと共にヴァルデマール家の城を目指すのだった。

閑話

第六回お姉ちゃん会議

ジークことノアたちがエルマールを訪れていた頃。

王都ベオグランの館では、またしても姉妹《しまい》たちが集い会議を開こうとしていた。

第六回お姉ちゃん会議の始まりである。

その顔ぶれには、ヴェルヘンから急いで帰宅したアエリアも含まれていた。

「まさか、アエリア姉さんが失敗するなんてねぇ」

会議が始まると、すぐに呆《あき》れ顔のシエルがアエリアを口撃した。

それに乗っかるように、ファムとエクレシアもまた頷《うなず》く。

長女であるアエリアへの期待は、それだけ大きかったのだ。

それに対して、アエリアはやや渋い顔をしつつ告げる。

「……過ぎたことを言っても仕方ありませんわ。問題はこれからのことでしてよ」

「それはそうだけど、どうして失敗したのよ？　そこが気になるわ」

「ノアがわたくしの想像以上に強くなっておりましたの」

「あの魔導兵器を使ってもダメだったわけ？」

「ええ、弱点を突かれましたわ」

自身の敗北について語るアエリアだったが、意外にもその声は落ち着いていた。

敗北はもちろん悔しいはずだが、それ以上に弟の成長が喜ばしいようである。

他の姉妹たちも同様の感想を抱いたのか、これまでの会議よりは和《なご》やかな雰囲気だ。

……が、一人だけそれが気に入らない者がいた。

五女のエクレシアである。

「笑ってる場合じゃない。ノアを一刻も早く連れ戻すべき」

ダンッとテーブルを叩《たた》き、立ち上がるエクレシア。

しかし、強硬策を主張する彼女に対してアエリアがやや諦《あきら》めたような声で言う。

「……そのことについてなのですが。少し、様子見してはどうかと思いますわ」

「え？」

「ノアも予想以上に力をつけているようですし、ライザもいますから」

「そうねファム姉さんの注文通りに聖剣も手に入れたんでしょう？　流石《さすが》に、ここまでやられたんじゃ文句も言えないわ」

お手上げとばかりに両手を上げたシエル。

実際、今のノアの実力ならばたとえ魔族が来ても大丈夫であろうと踏んでいた。

むしろ、このままラージャに滞在させて腕を磨いてもらった方がいいかもしれないとすら考えている。

姉妹たちが修行を課すよりも、実地で身体を動かした方が実力が身についているようであった。

「でも、近くにいないとノアが誰《だれ》かに取られるかもしれない」

「そこは大丈夫そうですわ。いい塩梅《あんばい》で、バランスが取れているようですから」

そう言って、アエリアはにこやかな笑みを浮かべた。

その脳裏《のうり》には、お互いに張り合うライザとクルタの姿がある。

――あの二人が互いに牽制《けんせい》し合っているうちは大丈夫でしょう。

ノアの置かれている状況を、アエリアはこう分析していた。

しかし、エクレシアはプクッと頬《ほお》を膨らませて言う。

「そんなこと言われても、納得できない」

「まあ、エクレシアは実際に様子を見たわけではないですからねえ」

「……姉さんたちがそういうつもりなら、私も行く」

干渉するのをやめようとするアエリア達に、いよいよしびれを切らしたのだろう。

エクレシアはそう宣言すると、そのまま部屋を出て行こうとした。

すると、慌ててシエルが彼女を呼び止める。

「ちょっと待って。アンタが出ていくと絶対やりすぎるでしょ」

「そうですね。ノアの心に変な異常を残されると、私でも治せるかどうか……」

「平気、手加減する」

「手加減って、アンタできるの？」

「……前向きに善処する」

自信がないのか、政治家や貴族のようなふんわりした物言いをするエクレシア。

これでは、いったいどうなるかわかったものではない。

シエルはたまらず、エクレシアを追及しようとする。

しかしここで、エクレシアは懐《ふところ》からそっと一枚の絵を取り出した。

「絵画技巧『悲しみの聖女』」

「あ、しまっ⁉」

とっさのことに、すぐ反応できなかったシエル。

彼女はエクレシアが掲げた絵を、はっきりと見てしまった。

たちまち、その眼から大粒の涙がこぼれ落ちる。

悲しみの感情が胸の底から溢《あふ》れ、抑えることができない。

「うぅっ……！　悲しい、胸が締め付けられるようだわ……！」

そのまま泣き崩れてしまい、シエルはエクレシアを追及するどころではなくなってしまった。

——絵画技巧。

それは、芸術による感情の支配である。

希代《きたい》の芸術家、エクレシアの絵が可能とする唯一無二の技だ。

魔法の類ではなくただただ純粋な技量とセンスによるもののため、賢者のシエルであっても防げるものではない。

もっとも、その代わりに人間以外の存在に対してはまったく効果がないのであるが。

「エクレシア！　姉妹の間でそれは使わないって、前に約束したでしょう?」

「ノアを連れ戻すことの方が、その約束より優先」

「そんなこと言って、勝手は許しませんわ！　だいたいあなたは自由すぎ――」

「絵画技巧『歓喜する民衆』」

再び絵を取り出し、アエリアに向かって突きつけるエクレシア。

すると今度は、アエリアの表情がみるみるうちに明るくなっていく。

やがて彼女は顔を下に向けると、腹を抱《かか》えて笑い出してしまった。

「あは、あはははは!!　い、いけませんわ……笑いが止まらない……！」

椅子から転げ落ち、エクレシアを止めるどころではなくなってしまったアエリア。

それを確認したエクレシアは、絵を懐にしまうとすっかり困り顔のファムに告げる。

「姉さんたちは任せた」

「いきなりそんなこと言われても、困りますよ！」

「そう言われても、私にはすぐに戻せない」

どうやら、後先考えずに能力を使ってしまったらしいエクレシア。

ファムは呆れたように額を手で押さえる。

「……わかりました。ですがエクレシア、くれぐれもやりすぎないでくださいね？」

「大丈夫、ノアは確実に連れ戻す」

「いや、そうではなくて……」

呼び止める間もなく、エクレシアはそのまま部屋を後にした。

ファムは再び大きなため息をつくと、軽く腕組みをして考え込む。

「予想はしていましたが、嵐《あらし》が来そうですわね……」

こうして、ノアたちのもとに芸術家エクレシアの脅威が迫るのであった。

第二話

ヴァルデマール家

「な、なんと⁉　け、剣聖殿ですと⁉」

丘の上に聳《そび》えるヴァルデマール家の居城。

そこに通じる門の前で、ライザ姉さんがこっそりと身分を明かした。

たちまち衛兵たちは騒然となり、わらわらと俺《おれ》たちを取り囲む。

流石《さすが》は剣聖、尋常ではない反応だ。

「……普段は身分を隠しているのだ、そんなに騒がないでくれ」

「これは失礼。しかし、剣聖殿とはにわかには信じがたく……」

「以前にも来たことがあるのだが、誰《だれ》か私のことを覚えていないのか？」

「あいにく、ここ最近は使用人の入れ替わりが激しくて。かくいう私も、働き始めたばかりなのです」

申し訳なさそうな顔をする衛兵。

たった二年ほどで、人員のほとんどが入れ替わってしまったらしい。

……不可解な増税といい、ヴァルデマール家に何かよからぬことが起きているのだろうか？

俺たちは互いに顔を見合わせると、小声でささやき合う。

「やっぱり、ちょっと嫌な予感がしますね」

「ああ、だがここで帰るわけにもいくまい」

そう言うと、姉さんは懐《ふところ》から短剣を取り出した。

その柄にはウィンスター王国を象徴する百合《ゆり》の紋章が刻まれている。

王家より下賜《かし》された、剣聖のみが持つことを許される逸品《いっぴん》だ。

剣としての性能はそれほどでもないらしいが、身分を証明するにはこれ以上ないものである。

衛兵もすぐに気づいたのか、ひどく驚いた顔をする。

「これは……！　しばらくお待ちを、すぐにレオニーダ様にお伝えします！」

「ああ、任せた」

慌てて城の中へと消えていく衛兵。

しばらくすると、給仕服を着た少女が姿を現した。

その佇《たたず》まいには気品があり、彼女がヴァルデマール家においてそれなりの地位にあることが窺《うかが》える。

しかし、その風体《ふうてい》は少しばかり異様であった。

白い仮面を着けて、その顔を完全に隠してしまっているのである。

「初めまして、侍従長のテイルです」

「……こちらこそ、剣聖のライザだ。こっちにいるのは、私の弟とその仲間たち」

姉さんに紹介され、俺たちはゆっくりと頭を下げた。

テイルさんの姿に少し引いてしまっているのだろう。

クルタさんたちの表情は心なしか硬い。

するとテイルさんは、その長い髪をかき上げて微《かす》かに笑う。

「ふふ、この姿を見て驚かれたでしょう?」

「ええ、まあ」

「レオニーダ様のご命令なのです。女性の方は、こちらの着用をお願いいたします」

そう言うと、テイルさんは自身と同様の仮面を姉さんやクルタさんたちに差し出した。

たちまち、姉さんたちの眉間に皺《しわ》が寄る。

女性だけ仮面を着けろだなんて、ずいぶんと不可解な命令だった。

「……どうして、これを着けなければならないのだ?」

「理由は申し上げられません。ですが、これがこの城のルールなのです」

不満を言ったところで、テイルさんは聞き入れるつもりがないようだった。

やがて仕方ないとばかりに、ニノさんが仮面を着ける。

そうして異変がないことを確認すると、クルタさんと姉さんにも着用を促した。

「まったく、何のためにこんなものを」

「でもちょっと面白《おもしろ》いかも。仮装パーティみたいで」

「そうか？　私には邪魔なだけだが」

「どう、似合ってる？」

どうにも納得がいかない姉さんの一方で、クルタさんはどこか楽しげであった。

彼女は笑いながら、くるりと一回転して仮面を着けた姿を見せつける。

確かに本人が言う通り、独特の雰囲気があって美しく思えた。

こうして女性陣が仮面を着け終えたところで、俺たちは城の中へと足を踏み入れる。

「おお……こいつはすごい……！」

「うわぁ、ちょっと怖いぐらいだね」

ライザ姉さんの言っていた通り、城の中は豪華絢爛《けんらん》に改装されていた。

壁や床はもちろんのこと、天井《てんじょう》に至るまで丁寧な装飾が施されている。

さらに、あちこちに置かれた美術品の数々。

壁に飾られたあの華やかな花の絵は……ゴホンの作品だろうか？

本物ならば、オークションに出せば一億はくだらないだろう。

他にも、目も眩《くら》むような逸品が惜しげもなく陳列されている。

「どうぞ、こちらです」

テイルさんに続いて、城の中を歩くことしばし。

やがて案内された先は、最上階にある角部屋であった。

黒檀《こくたん》でできた重い扉を開くと、たちまちドレスを纏《まと》った女性の姿が目に飛び込んでくる。

「初めまして、当主のレオニーダです」

そう名乗ると、スカートを押さえて優雅にお辞儀をする女性。

この人が、ヴァルデマール家の当主か……。

ロウガさんが大陸一の美女とか言っていたけど、そうかもしれないと思わせるだけの容貌をしていた。

長く艶《つや》やかな紫髪と色白の肌、そして鮮やかな深紅の口紅。

ともすれば下品になってしまいそうな色合いだが、それらが綺麗《きれい》に纏まっている。

体型もまたすさまじく、くびれた曲線が艶《なま》めかしい。

ロウガさんに至っては、お辞儀で揺れた大きな胸の膨らみを目で追ってしまっている。

「ロウガ……」

「す、すいません！　あまりにもお美しかったので、つい」

「構いませんよ。私の美しさに見惚《みと》れてしまうのは当然のことですから」

そう言って、優雅に微笑《ほほえ》むレオニーダさん。

優しいというか……割と癖《くせ》のありそうな人だな。

妙に自信ありげな態度が、どことなく気にかかった。

やがて彼女は、聞いてもいないのにあれやこれやと語り始める。

「私はこれでも三十八歳になります。ですが、軽く十歳は若く見えるでしょう？　この美貌とボディラインを維持するために、毎日さまざまな努力を積み重ね――」

「……おほん！　お久しぶりです、レオニーダ殿！」

止まらなくなってしまったレオニーダさん。

彼女の話を打ち切るように、ライザ姉さんは大きな声で挨拶《あいさつ》をした。

するとようやく、我に返ったのであろうか。

レオニーダさんは言葉を止めると、再び優雅に微笑む。

「失礼いたしました。それで、ライザ殿はどのようなご用件で当家へ？」

「実はヴァルデマール家のコレクションの中で、お譲りいただきたいものがありまして」

「……ほう？」

顔をしかめ、にわかに低い声を出すレオニーダさん。

その眼の奥にはどこか仄暗《ほのぐら》い光が宿る。

「譲ってほしいコレクションとは？」

レオニーダさんはそのままゆっくりと、こちらに身を乗り出してきた。

美女が怒ると怖いというが、レオニーダさんも例に漏《も》れないらしい。

今の彼女からは、周囲を圧するような異様な迫力が感じられた。

だが、姉さんは動じることなく言う。

「以前に見せてもらった短剣です」

「ライザ殿に衛兵たちの剣術指南をお願いした時かしら？」

「ええ、あの時です」

「短剣なんて、見せたかしらねぇ」

はてと首を傾《かし》げるレオニーダさん。

しかし、その仕草はどこか芝居がかっていて不自然さがあった。

何か嘘《うそ》をついていることが、意識していなくてもわかってしまう。

そのことを姉さんは知ってか知らずか、おやっと驚いたように聞き返した。

「見せていただいたではありませんか。沈んだ銀色をした、あの短剣です」

「ひょっとして、デュライトのことでしょうか。うーん、困りましたね」

芝居がかった仕草で、何やら言いよどむレオニーダさん。

姉さんは怪訝《けげん》な表情をしつつも、改めて尋ねる。

「よほど、大切なものなのでしょうか？」

「ええ、あの剣は我が家の家宝のようなものですから」

そう言うと、レオニーダさんはもったいぶるように間を置いた。

そしてライザ姉さんや俺たちを値踏みするように見回す。

その視線は妙に艶《なま》めかしく、どこかねっとりとしていた。

やがて彼女は、パンッと手を叩《たた》いて言う。

「そうですねえ。どうしてもというのであれば、お譲りいたしましょう」

「おお、それはありがたい！」

「ですが、一つ条件がございます」

「……何ですか？」

「短剣の代わりに、とある宝が欲しいのです」

そう言うと、レオニーダさんはおもむろに椅子を立った。

そして部屋の窓を開け放つと、遥《はる》か彼方《かなた》の湖面を見据えて言う。

「ラミア湖に住む人魚の話を、あなた方はご存じですか？」

「人魚というと……魚の顔をした気持ち悪いやつらですか？」

「ライザ姉さん、それは人魚じゃなくて魚人だよ」

「む、人魚と魚人は違うのか？」

真顔で聞き返してくるライザ姉さん。

いやまあ、ややこしくはあるけど普通そこは間違えないというか……。

説明するのも手間なので、俺は姉さんに代わってレオニーダさんに質問する。

「……人魚っていうのは、人間の上半身と魚の下半身を持つ亜人ですよね？　しかも、女性型しか存在しないっていう」

「ええ、その通り。私は彼らの流す涙が、どうしても欲しいのです」

「人魚の涙か……。若返りの妙薬だね」

ぽつりとつぶやくクルタさん。

人魚の涙の伝承については、俺も聞いたことがあった。

人魚は永劫《えいごう》の寿命を持ち、その涙を呑《の》めば一滴で十歳は若返るとか。

そのため大昔には、人魚を巡って戦争まで起きたことがあるらしい。

「……雲を掴《つか》むような話だな。本当にいるのか人魚なんて」

思わず、ロウガさんが声を上げた。

彼の言う通り、そんな存在がそうそう簡単に見つかるとは思えない。

実在しているかどうかすら、疑わしいだろう。

まして、秘境ならまだしも開拓の進んだラミア湖の話である。

人魚のように貴重な種族ならば、とっくの昔に発見されていてしかるべきだ。

しかし、これを聞いたレオニーダさんはにわかに荒ぶる。

「間違いなくおります！　おりますとも!!」

レオニーダさんはそう力強く断言すると、ロウガさんの顔を睨《にら》みつけた。

その眼つきは鋭く、微かに狂気めいたものすら感じさせる。

恐ろしいほどの執念が、顔に表れていた。

――パラリ。

やがてレオニーダさんの顔から、白い粉のようなものが落ちた。

……いったい何だろう？

俺がそう思う間もなく、レオニーダさんはこちらに背を向けた。

そして懐から手鏡と化粧道具を取り出すと、手早く作業を始めた。

「いけない、剝《は》がれてるわ……！　ああ、もうノリが悪い……！」

「あの、レオニーダ様？　大丈夫ですか？」

「……失礼いたしました」

そう言うと、レオニーダさんは何事もなかったかのようにこちらに振り返った。

その顔は、明らかに先ほどまでより化粧が濃くなっている。

もしかして……さっきのは……。

よくよく観察してみると、レオニーダさんはずいぶんと化粧が濃いようだった。

雰囲気に圧倒されて気付かなかったが、もはやパテ塗りと言ってもいいぐらいの領域に達している。

三十八歳と言っていたが、実際はもっと……頑張っているのかもしれない。

「とにかく、短剣を譲ってほしいのであれば人魚の涙を持ってきてください。それが私からあなたたちへの条件です」

「……わかりました、レオニーダ殿がそう言われるのならば」

「では、詳しいことはテイルからお聞きになってください。条件を達成するまでの間、この城に滞在する許可も与えましょう」

早口でそう告げたレオニーダさんからは、一刻も早く部屋を出てほしいという意志が伝わってきた。

化粧がそろそろ崩壊しそうになっているのかもしれない。

俺たちは仕方なく、テイルさんの案内に従って部屋を出る。

「……ふぅ、ちょっと疲れちまったな」

「ああ。以前にお会いした時は、あそこまで神経質な方ではなかったのだがな」

レオニーダさんの執務室からある程度離れたところで、ロウガさんと姉さんが語り始めた。

するとテイルさんがどこか物悲しげな口調で言う。

「あの事件がなければ、レオニーダ様も……」

「ん？　あの事件？」

「いえ、何でもございません。聞かなかったことにしてください」

そう言うと、テイルさんは誤魔化《ごまか》すように笑った。

そして、いくらか明るい声で告げる。

「ところで、今日の宿はどうなさいますか？　レオニーダ様の許可もいただけたことですし、城へお泊まりになりますか？」

「そうだな、そうさせてもらおう。皆もかまわんな？」

「うん、こんなお城に泊まれるなら願ってもないよ」

姉さんの問いかけに、声を弾《はず》ませるクルタさん。

俺たちもまた、うんうんと頷《うなず》きを返した。

この分ならば、客室の設備も相当に整っていることだろう。

わざわざ断るような理由もない。

こうして俺たちは、ひとまずヴァルデマール家に滞在することとなったのであった。


──○●○──


「うめえ！　最高だな！」

その日の夜。

俺たち一行は、城の食堂で夕食を饗《きょう》された。

流石は芸術の都を治める大貴族というべきか。

食卓に並べられた料理は、洗練された美食ばかり。

その味は素晴らしく、フォークを動かす手が止まらない。

「……それで、明日からどうするのさ？　安請け合いしちゃったけど、当てはあるの？」

ライザ姉さんの顔を見ながら、クルタさんがチクリと刺すように言った。

レオニーダさんの勢いに押されてしまったとはいえ、人魚の涙を持ってくると約束してしまったのである。

今更取り消すこともできないし、これはちょっと不用意な判断かもしれなかった。

何せ、伝説のお宝なのだ。

そうそう簡単に手に入るとは思えない。

「……当てはない。だが、ラミア湖が広いといっても知れてるだろう？　何とかなる」

「やっぱり、そんなことだと思った」

「いくらなんでも、しらみつぶしで調べるのは無茶ですよ」

「うぐぐ！　そこはほら、気合で……」

言葉を詰まらせるライザ姉さん。

ヴェルヘンでいろいろとひどい目に遭ったというのに、勢いで行動する癖はまだ直っていないらしい。

性格のことだから、これからもずっと直らないのかもしれないが……。

「人魚の居場所については、既にある程度判明しております」

やがて、困った顔をするライザ姉さんを見かねたのかテイルさんが助け舟を出した。

彼女は湖のものと思《おぼ》しき古地図を取り出すと、それをテーブルの空いているスペースに広げる。

俺たちは急いで食事を終えると、その周りへと集まった。

「この×印が書かれている場所に、人魚の集落があるとされています。しかし、普段は近づけません」

「どういうことだ？」

「この場所には小さな岩があるのですが、そこに近づこうとしても近づけないのです。ループしているとでも言えばわかるでしょうか？」

なるほど、恐らくは人魚たちによって結界でも張られているのだろう。

空間を捻《ね》じ曲げているのか、幻覚を見せているのか。

はたまた、こちらの認識を歪《ゆが》めてそのように感じさせているのか。

方法はいろいろと考えられるが、いずれにしてもかなり厄介そうだ。

「そりゃ、なかなか面倒そうだな……」

「だが、当てもなく探すよりははるかにマシだな」

「うん。それに、ここに人魚の集落があることはわかってるんだよね？　ということは、誰か中に入った人がいるってことじゃないの？」

ふと疑問を呈するクルタさん。

言われてみればその通りだ。

誰も入ったことがなければ中に集落があることなどわかるはずもない。

するとテイルさんは、軽く微笑みを浮かべる。

「ええ、そうです。結界の中に入った記録があります。その資料によれば、満月の夜は結界が弱まって突破できるとか」

「なるほど、月の魔力が関係しているんですかね」

「恐らくはそうかと。記録を残した探検家もそのように推測しています」

「んじゃ、とりあえず人魚を拝むことはできそうだな」

「うーん、けどねえ……。そこからが問題じゃないかなぁ……」

ここにきて、急に渋い顔つきをするクルタさん。

人魚というのは、人間と同等の知能を持つとされる亜人族である。

伝承によれば、性格も比較的温厚だとか。

涙を得るためには、結界の内側で平和に暮らす彼女らに手荒なことをする必要があるかもしれない。

そのことに、どうにもためらいを感じているようだった。

無理もない。一流の冒険者といえども善良な一人の少女なのだから。

「できるだけ、協力は得られるようにしましょう。お願いすれば、きっと何とかなりますよ」

「だといいんだけどねえ」

「まあ、そこは頭を下げるしかねえだろうな。それで、満月っていうと……」

「五日後ですよ、ロウガ」

忍びという職業柄であろうか。

ニノさんは考える素振りすら見せずに、次の満月がいつなのかを即答した。

うーん、残り五日か……。

準備期間とするには、意外とちょうどいいぐらいかもしれないな。

「じゃあ、満月を待つ間は情報収集と準備ですかね。テイルさん、さっきから話題に出てる資料って見せてもらえますか？」

「はい。『オーランド調査記録』ですね。街の図書館にございますので、閲覧できるように手配しておきましょう」

「ありがとうございます」

「じゃ、俺は依頼でもこなしつつ情報を集めるか。エルマールにもギルドはあるんだろう？」

「もちろんございますよ」

「私も、そっちにしておくか」

そう言うと、ロウガさんに同行することを選択したライザ姉さん。

……俺と一緒に来ないなんて、ずいぶんと珍しい。

こういう時はだいたい、いの一番に俺と一緒に行くと言うのだけれども。

俺が疑惑の眼差《まなざ》しを向けると、ライザ姉さんはスーッと視線をそらせてしまう。

……何だか、後ろめたいことでもあるのだろうか？

「た、たまには弟の自主性を尊重しようと思ってな！」

「本当ですか？」

「嘘じゃないぞ！　別に、活字が苦手だからとかではない！」

「あー、そういえば……」

ライザ姉さんは、昔からそういうのが苦手だったな。

本人が言うには、アエリア姉さんに勉強漬けにされた時期があって嫌いになってしまったとかどうとか。

なにぶん昔の話なので、俺が直接見たわけではないけれども。

「私はジークについて行こうかな。それなりに力になれると思うし」

「ぐぐぐぐ……!!　図書館でなければ……！」

「ま、まああ！　一日だけだし！」

獣のように唸《うな》る姉さんを、どうにか宥《なだ》める俺。

しかし、クルタさんはここが攻め時とでも判断したのだろう。

ここぞとばかりに姉さんを煽《あお》る。

「こう見えても、そこそこ学はある方だからね。誰かとは違って」

「むむむ、だったらクルタはこれを言えるか?」

「ん?」

「九九《くく》!」

「八十一でしょ?」

間髪《かんはつ》いれずに返答したクルタさん。

それを聞いたライザ姉さんは、愕然《がくぜん》とした表情で告げる。

「……仕方あるまい、今回だけは認めてやる!」

「ハードル低いな」

思わず真顔でつぶやいてしまうクルタさん。

ここでニノさんが、ひょこっと手を上げる。

「私もお姉さまについていきます。九九は全部言えますので」

「そこに乗っかるな!」

笑うニノさんに、少しばかりムキになって怒る姉さん。

とにもかくにも、こうして俺たちは二手に分かれて情報収集に臨むのだった。

―○●○―


「ここがエルマール大図書館……！　広いなぁ！」

翌日。

俺とクルタさん、そしてニノさんの三人は街の図書館を訪れていた。

流石、芸術の都というべきか。

図書館の規模は大きく、内装も非常に凝っていた。

緑を基調とした壁紙にダークブラウンの本棚がよく映えている。

さらに古書の醸《かも》し出《だ》す独特の香りが、時代がかった雰囲気を盛り上げていた。

「ようこそ、エルマール図書館へ。何かお探しですか？」

受付に行くと、さっそく司書さんが声を掛けてきた。

俺はすぐにテイルさんから預かってきた紹介状を手渡す。

するとどうしたことだろうか、司書さんの表情が微かに曇った。

「ああ、領主様に雇われた方だったのですね」

「ええ、資料を見に来ました」

「……どうぞ、こちらへ」

挨拶もそこそこに、歩き出す司書さん。

明らかに歓迎されていないような雰囲気であった。

領主への不満は、既にこんなところまで広まっているらしい。

俺たち三人は、速足で歩く彼女に案内されて本棚の間を奥へと向かう。

「この先に、ご要望の資料が保管されている資料室があります」

やがて目の前に現れたのは、厳重に鍵《かぎ》の掛けられた扉であった。

相当に古いのだろう、ドアノブや金具に錆《さび》が浮いている。

司書さんは掛けられていた鍵を手早く外すと、さっと俺たちに道を開けた。

「私が案内するのはここまでです」

「ありがとうございます」

「くれぐれも資料の取り扱いには注意してください。万が一資料を破損した際は、ヴァルデマール家に賠償請求させていただきますので」

「……前に何かあったんですか？」

あまりにも刺々《とげとげ》しい司書さんの態度に、俺は思わずそう尋ねた。

たかだか使いの者にまで敵意を向けてくるなんて、普通ではない。

すると彼女は、重々しく告げる。

「以前にも、領主様の依頼を受けた冒険者の方が何回か来られましてね。その方々のマナーが大変悪いものでしたので……」

「ああ、それで……。冒険者の中には、粗野な人もたまにいますからね」

「はい。あなた方は、以前に来られた方々とは少し違うようですが」

そう言うと、司書さんはほんのわずかにだが表情を緩《ゆる》めた。

どうやら、ヴァルデマール家は俺たち以前にも冒険者を雇っていたらしい。

そのようなこと、テイルさんからは全く聞いていなかったのだが……。

微かにレオニーダさんへの不信感を抱いた俺たちは、互いに顔を見合わせた。

すると、それを意外に思ったらしい司書さんが尋ねてくる。

「その様子……。お三方は、領主様の掛けた賞金目当てではないのですね？」

「賞金？　初耳だね」

「ええ。俺たちはただ、領主様にあるものをお譲りいただきたくて。その代価として動いているんです」

「……そういうことでしたか。では一つ、忠告をさせていただきましょう。人魚の涙の入手は困難です、諦《あきら》められた方がよろしいかと」

司書さんの言葉に、俺たちは思わず目を見開いた。

それはいったいどういうことなのか？

こちらが尋ねる間もなく、彼女は言葉を続ける。

「領主様は人魚の涙を入手した者に一億ゴールドの賞金を渡すと約束されました。それを受けて多くの冒険者が、この図書館の資料を参考に湖へと向かわれたのですが……」

「もしかして、全員失敗したんですか?」

「正確に言いますと、誰も戻ってきていないのです」

それはまた……重い事実だな……。

しかし、こちらもそうそう簡単に人魚の涙を諦めるわけにもいかない。

レオニーダさんから短剣を譲ってもらわないと、聖剣の修理ができないからな。

あの剣がなければ、魔族が何かした時に対抗できないかもしれない。

「ご忠告、感謝します」

俺は司書さんにそう告げると、そのままゆっくりと扉を開けた。

司書さんは一瞬、悲しげな表情をしたがすぐにそのまま去っていく。

こうして中に入ると、そこは石造りの狭い通路であった。

通路はそのまま地下へと伸びていて、ところどころに魔石灯が置かれている。

ぼんやりとした灯が、石の壁を淡く照らしている。

「……にしても、一億ゴールドとは。レオニーダ様は、どうしてそんなに人魚の涙が欲しいんですかね?」

歩いている途中、俺はふとクルタさんたちに問いかけた。

いくら大貴族とはいえ、冒険者に一億も払うなんてちょっと普通じゃない。

するとクルタさんは、顎《あご》に手を当てて逡巡《しゅんじゅん》して言う。

「そうだなー、気持ちはわからないでもないよ」

「え？　そうですか？」

「あれぐらいの歳《とし》って、自分が若くなくなっていくのを一番実感する時期だからね。藁《わら》にもすがりたい思いだったんじゃないかな」

「だからって、一億も出しますかねぇ？　今でも相当、無茶してるようですし」

「……もしかして、誰かに恋してるとか？」

どこか悪戯《いたずら》っぽく告げるクルタさん。

その表情と言葉に、俺は何故《なぜ》だかドキリとしてしまった。

すると彼女は、冗談だとからかうように笑う。

……まあ、レオニーダさんはいい年だし。

流石にそんなことはないだろうと思う。

「ここのようですね」

こうして話をしながらまっすぐに進んでいくと、やがて再び扉が現れた。

貴重な資料を保存してあるためであろう、なかなか深い地下室である。

今度はカギがかかっておらず、扉を押すと重苦しい音を立てて動いた。

「こほっ！　ずいぶんと埃《ほこり》っぽいね！」

「えっと、明かりは……これですか」

ニノさんが壁のスイッチを押すと、天井に据え付けられた魔石灯が点《とも》った。

普段は人の出入りがほとんどないのだろう。

予想していたことではあるが、埃と黴《かび》の匂《にお》いがした。

あんまり長いことといると、病気になってしまいそうである。

「さてと、『オーランド調査記録』は……あった！」

目的としていた資料の場所はすぐにわかった。

というのも、この本の周辺だけ埃が取り払われていたためである。

いや、正確に言うとこの本というよりもこのノートであろうか？

身内向けに作成されたものらしく、きちんと製本されたものではないようだ。

茶色く変色した表紙が、時代の重みを生々しく物語っている。

「では、開きますよ」

先ほどの忠告もあって、資料を読み始めるのにいささか気負ってしまう俺。

こうして俺たちの調査が始まったのだった。


――○●○――

「えーっと、なになに……」

資料の中身は、とある国が派遣した調査隊の日誌であった。

日付からして、おおよそ二百年ほど前に作成されたもののようだ。

隊長の名前がオーランドであったことから、オーランド調査記録と題されているらしい。

王命を受けて国を出たところから記録は始まっており、これがなかなかに面白い。

記述者の性格によるものだろうが、当時の風俗なども端的に記録されていた。

『聖教歴１４５０年４月１０日。

二か月に及《およ》ぶ旅路を経て、我々はラミア湖へと到着した。

噂《うわさ》にたがわぬ美しい土地で、強行軍が続いていた我々の心も少なからず癒《いや》された。

首尾よく人魚を発見した暁には、王より賜った褒賞でここに別荘でも建てたいものだ』

『聖教歴１４５０年４月１１日。

ラミア湖を治めるヴァルデマール家を訪れる。

歓待を受けるが、彼らは情報提供については消極的であった。

自分たちが情報を出すのならば、我々もまた情報を出すべきであるとの考えのようだ。

本国に連絡を取り、彼らに対してどこまで情報を渡して良いか確認を取らなければ。

現場にこのような権限を渡さないのは、我らが王国の数多い悪弊《あくへい》の一つだ』

『聖教歴１４５０年４月１７日。

本国より鳩《はと》が届き、ヴァルデマール家に提供できる情報の範囲が定まった。

ヴァルデマール側もそれに納得したため、我々調査隊との間で情報共有が行われる。

彼らも人魚の涙を狙《ねら》っていたようで、得られた情報は多かった。

特に、人魚の出現場所について詳細を記した地図は非常に役立った。

さっそく明日、船を出してもっとも目撃例の多い湖中央部の小島へと向かう』

『聖教歴1450年4月18日。

初回の調査は失敗。人魚を発見することは叶《かな》わなかった。

しかし、我々調査隊は小島の周囲に結界が張られていることを確認した。

同行した魔術師によれば、空間を曲げて形成されるかなり高度な魔法とのこと。

その場で行える手段で突破を試みるが効果なし』

『聖教歴1450年4月20日。

人魚の目撃情報が満月の夜に多いという事実を発見する。

このことから、月の魔力によって結界が一時的に効果をなくすという仮説が立てられた。

次の満月は十日後ということで、我々は一時休息をとることとなる。

せっかく素晴らしい観光地にいるのだ、たまには余暇を楽しむのもいいだろう』

『聖教歴1450年4月30日。

我々は結界を越え、人魚の集落へと入ることに成功した。

彼女たちは美しい』

……あれ、おかしいな？

俺は急いでページを繰《く》ったが、その先はすべて白紙となっていた。

人魚の集落で、調査隊にいったい何が起きたというのか。

図書館に記録があることからすると、これを記述した人はどうにか街まで帰還したようだけれど……。

「なにこれ……。ちょっと不気味過ぎない？」

「ずいぶんと意味深ですね」

予想外の内容に、顔色を悪くするクルタさんとニノさん。

事前に司書さんから、未帰還者が相次いでいるという情報を聞いていただけになおさらだ。

人魚を見ることで、何か精神によからぬ影響でもあるのだろうか？

これを書き残した人物は、とても正気だったとは思えない。

「ほかにも人魚の資料がないか、探してみましょう」

「そうだね、流石にこれだけだと……」

俺たちは書架を漁《あさ》り、類似の資料がないのかを調べた。

するとたちまち数冊のノートが発見される。

しかし、いずれの資料も人魚の集落に潜入したところで記述が止まってしまっていた。

ごくわずかでも人魚についての記載がある分だけ、『オーランド調査記録』の方がマシな状態だ。

「これを見る限り、かなり昔から人魚の集落への潜入は試みられてるみたいだね」

「ええ。でも、いずれの場合においても失敗しているようです」

「うーーん、これは思ったよりもはるかに厄介そうですね……」

どうして人魚の集落への潜入は失敗したのか。

そこがわからないことには、俺たちが突入しても同じ轍《てつ》を踏《ふ》みそうだ。

せめて、帰還者のその後について書かれた資料でもあればいいのだが。

そちらについては、全く見つけることができなかった。

「……これは、意図的に記述が削除されているのかもしれませんね」

やがて、ニノさんがぽつりとつぶやいた。

彼女はとある資料を取り出すと、その余白を指し示す。

「この部分、わずかですが他と色が違います。紙を削ったのではないでしょうか？」

「紙を削るって、そんなことできるの？」

「古い紙は厚いですから、砂で削れるんです。忍びもそうやって、資料を改竄《かいざん》することがありますので」

ニノさん自身も、以前に何かやったことがあるのだろうか？

ずいぶんと詳しそうな様子に、俺とクルタさんは少しばかり引いてしまった。

裏の顔というほどでもないが、隠された部分を見てしまった思いである。

すると彼女は、少し気恥ずかしそうに咳払《せきばら》いをする。

「まあとにかく、これらの資料には隠蔽《いんぺい》の可能性があるということです」

「けど、何のためにそんなことをしたんだろう？」

「その動機がわかれば、糸口が見えてきそうですね」

「レオニーダ様に、何か知らないか聞いてみる？」

そう提案するクルタさんであったが、俺は首を縦には振らなかった。

そもそも、事態の隠蔽を主導しているのはヴァルデマール家のようにも思える。

理由はわからないが、こんなことができるとすればこの地を治めるあの家ぐらいだ。

それを考えると、レオニーダさんに相談するのはかなりの悪手に感じられた。

「とりあえず、伏せておきましょう。それで、姉さんたちとも情報共有するということで」

「そうだね。私も、やっぱりレオニーダ様はちょっと信用しきれないかも」

こうして資料の閲覧を終えた俺たちは、城に戻って姉さんたちの帰りを待つのであった――。

閑話

五女の旅

「……おかしい」

ノアたちが資料室で頭を捻《ひね》っている頃。

エクレシアは雪原の真ん中で呆然《ぼうぜん》と立ち尽くしていた。

ラージャに向かう乗合馬車に乗ったはずだったのだが、何故《なぜ》か雪山にたどり着いてしまったのである。

「こんなことなら、アエリアに手配してもらえばよかった」

実のところ、エクレシアが一人で遠出するのはこれが初めてであった。

姉妹《しまい》の誰《だれ》かが同行する、もしくは先方に迎えを出してもらう。

いずれかのパターンでしか、彼女は遠くまで出かけたことがなかったのである。

そもそも、普段の生活においてエクレシアは屋敷に引きこもっていた。

外出といえば、大口のパトロンに制作依頼を受けた時ぐらいだったのである。

「……とにかく、何とかしないと」

吹き付ける雪に、身を固くするエクレシア。

何はともあれ、今は早急に村か街を発見して現在地を確認しなければならない。

彼女は身を震わせながらも、ゆっくりゆっくりと雪原を歩く。

そうして歩くこと、二十分ほど。

幸いなことに、銀世界の先に小さな集落が見えてくる。

「あらまぁ！　アンタ、どうしたのさ？」

やがて歩いてきた彼女に、老婆《ろうば》が話しかけた。

エクレシアは顔についていた雪を払うと、その問いかけに答える。

「ラージャに行きたい。ここはどこ？」

「ラージャ？　ここはラーゼン山脈だよ」

ラーゼン山脈というのは、大陸南方に連なる大山脈地帯である。

語感こそわずかに似ているが、ラージャとはまるで見当違いの方向であった。

いったいどこでどうしてこうなったのか。

エクレシアは頭を捻るが、さっぱり思い出せない。

……つまるところ、彼女は重度の方向音痴であった。

厄介なことに、本人にはあまり自覚がないのであるが。

「ありがとう。ラージャはここから……北ね？」

そう言うと、再び歩き始めたエクレシア。

しかし、見かねた老婆が慌てて彼女を呼び止める。

「ちょっとお待ちなさい！　そんな恰好《かっこう》で山を歩いたら、今に凍え死ぬよ！　それに、ここからラージャなんて歩いて行ける距離じゃないさね！」

「でも、ノアのところに急がないと……くしゅん！」

話している途中で、エクレシアの口からくしゃみがこぼれた。

老婆はそれ見たことかとばかりにため息をつくと、彼女を家に招く。

「このままじゃ風邪ひいちまうよ！　うちにおいで！」

「……わかった、そうする」

こうして、渋々ながらも老婆の家へと足を踏み入れたエクレシア。

小さいながらも造りのしっかりとしたログハウスで、奥に大きな石の暖炉が備えてある。

赤々と燃える炎の熱で、たちまちエクレシアの服についていた雪が解け始めた。

たまらず、エクレシアの口からほっと吐息が漏《も》れる。

「あったかい……」

「しばらくゆっくりしてくれていいからね」

そう言うと、老婆は腰をポンポンと叩《たた》きながら台所へと移動していった。

やがて彼女は、ほこほこと湯気を立てるミルクを手に戻ってくる。

仄《ほの》かな甘い香りが、エクレシアの鼻腔《びくう》をくすぐった。

「ほれ、飲みなさい。温まるよ」

「ありがとう。ん、おいしい……」

猫舌なのか、小さな口でゆっくりとミルクを飲むエクレシア。

やがて彼女は、とろんとした顔でごちそうさまとつぶやいた。

その表情ときたら、幸せをいっぺんに嚙《か》みしめたかのようである。

老婆はそんな彼女の様子を見て、カラカラと楽しげに笑う。

「可愛《かわい》いねえ。しかしアンタ、どこから来たんだい？」

「ウィンスター王国」

「へえ、ずいぶん遠くから来たんだねえ。ラージャへは仕事で行くのかい？」

「弟を探しに行くの」

エクレシアがそう答えると、老婆の顔つきが変わった。

彼女は寂《さび》しげな眼をすると、ぽつりとつぶやく。

「……そうかい、家族を探しにねえ」

「そう、大切な弟。ずっと姉妹で面倒を見てきたのに、最近出て行った」

「ラージャってことはあれかい？　冒険者にでもなったのかい？」

「そうだって聞いてる」

「そりゃ心配だ。うちにも、冒険者になった孫がいたからよくわかるよ」

そう言うと、老婆はしばし沈黙した。

天井《てんじょう》を仰《あお》ぐその眼は、さながら過去を見つめているかのよう。

瞳《ひとみ》の奥に、言い知れぬ哀愁が見え隠れする。

そうしてしばしの沈黙ののち、彼女はハッとしたような顔をすると取り繕うように言う。

「ああ、すまないね。辛気臭い雰囲気にしちゃって」

「構わない。それより、いたっていうことは……」

「行方《ゆくえ》不明さ。割のいい仕事が見つかったって、山を下りたのだけど……それっきり。アタシに残されたのは、あの絵だけさ」

そう言うと、老婆は壁に飾られている肖像画を見た。

そこには十歳ほどになる少年の姿が描かれている。

短く跳ねた髪と大きな瞳が、とても活動的な印象だ。

恐らくは、プロの画家が描いたのだろう。

表情も生き生きとしていて、なかなかの逸品《いっぴん》である。

が、その顔の部分には大きな落書きがされてしまっていた。

「この山を下りてしばらく行ったところに、エルマールって街があるのは知ってるかい？」

「何度か、行ったことがある。大陸でも屈指の芸術都市」

「そうそう。そこの画家の先生がね、この村に別荘を持っているのさ。それで休暇に来た時に、息子が頼み込んで特別に描いてもらったんだよ」

「へえ……。画風からすると、幻想派……？」

「詳しいことはわからないけど、結構スゴイって話だよ。まぁ、孫が悪戯《いたずら》してこのざまだけどねえ」

そう言うと、老婆は絵の傍《そば》へと歩いていった。

そしてその額縁をいとおしげに撫《な》でると、目にうっすらと涙を浮かべる。

「これが遺品になるとわかっていたら……。もっと大切にしたのに……」

「……おばあさん」

エクレシアは老婆に近づくと、そっとその背中を擦《さす》った。

老婆は彼女の方へと振り返ると、申し訳なさそうに言う。

「すまないね、会ったばかりなのにこんなとこ見せて」

「いい、助けてもらったから」

「別にそんな大したことはしてないよ、困ったときはお互い様だからね」

そう言うと、老婆は涙を拭いた。

気丈な様子を見せる彼女に、エクレシアはおもむろに提案する。

「……その絵、私が描き直してもいい？」

「え？」

予想だにしていなかった提案に、老婆は目を丸くした。

「描き直すって、この絵を？」

「ええ」

自信たっぷりに頷《うなず》くエクレシア。

しかしその申し出に対して、老婆は懐疑的であった。

大きな落書きがされてしまっているとはいえ、元はそれなりの画家が描いた作品である。

とても、素人《しろうと》の手に負えるようなものではなかった。

そもそも、肝心のモデルが不在なのである。

今さら、手の施しようがあるようには思えない。

「そんなこと、できるわけないよ」

「可能。必ず直してみせる」

老婆の態度が、少し気に障ったのであろうか。

エクレシアはいくらか強い口調でそう断言した。

そして、カバンの中からどんどんと画材を取り出していく。

それを見た老婆は、エクレシアがただの素人《しろうと》ではないことを察して少し顔つきを変えた。

「でも、難しいと思うけどねえ……。それに、うちにはお礼を払う余裕がないよ」

「それなら、そこの手袋が欲しい」

そう言ってエクレシアが指さしたのは、戸棚の上に置かれていた赤い手袋であった。

老婆が暇に任せて編み上げた、手作りのものである。

それなりに手はかかっているが、金銭的な価値などないに等しい。

しかし、エクレシアはどうにもそれが気に入ったようだった。

「アンタが欲しいなら、それぐらいあげるよ」

「ありがとう」

微笑《ほほえ》みを浮かべると、作業に没頭し始めるエクレシア。

彼女は落書きの入った箇所を真剣に見つめながら、丁寧に修正を施していく。

さらに、修正した箇所に合わせるように全体に色彩を足していった。

筆がキャンバスの上を踊り、心地の良いステップを踏む。

その見事な手際に、老婆の口から思わずため息がこぼれた。

「アンタ、ひょっとしてプロの画家なのかい？」

「……少し違うけど、似たような感じ」

身元がバレても面倒なので、エクレシアはあえて適当な返事をした。

そうして作業をすること半日ほど。

日が傾いてきたところで、大きな落書きのされていた肖像画は見事に復活を果たした。

その姿は、まるで時を巻き戻されたかのようである。

いやむしろ、描かれた当初よりも輝いていた。

「おおお……！　完璧《かんぺき》じゃないか！」

「このぐらいは当然」

「むしろ、前より綺麗《きれい》になったぐらいだねえ！」

仕上がりに心底満足げな笑みを浮かべる老婆。

彼女はエクレシアの身体をぎゅっと抱きしめると、ご機嫌な様子で台所へと向かった。

そして、鼻唄を歌いながら夕食を作り始める。

エクレシアへのお礼も兼ねて、今日はごちそうのようだ。

だがここで、玄関からドンドンとノックの音がした。

「……おや、こんな時間に誰かね？」

こんな時間に、いったい誰が来たというのであろうか。

老婆が怪訝《けげん》な顔でドアを開けると、二人組の男が家に入ってくる。

年の頃は、二人とも三十代半ばから四十といったところであろうか。

目つきはあまり良くなく、エクレシアから見てどことなく感じの悪い人物であった。

「またアンタたちかい。言ってるだろう、山は売らないって」

「そう言われてもね。息子さんがいなくなった以上、あんたに支払う義務があるんだよ？」

「そんなのあるものかい。村長の道楽息子が作った借金だろう？　村長が払うべきさね」

「村長は既に息子さんを勘当している」

「あんなのは形だけだろう？　せこい話だよ」

男たちと老婆の押し問答は、しばらく続いた。

やがてしびれを切らした男たちは、老婆を押し切るようにして家の中に入る。

「ふん、家の中に入ったって金目のものなんてありゃしないよ！」

「そんなことはわかってるさ。……ん？」

男の一人が、エクレシアの存在に気付いた。

村では見たことのない少女の姿に、彼は驚いたように首を傾《かし》げる。

この田舎《いなか》でよそ者を見るのは、非常に珍しいことであった。

「誰だ、お前は？」

「雪山で迷っていたところを、そこのおばあさんに助けられた。ただの通りすがり」

「遭難か。ふん、山を舐《な》めた都会者にはありがちだな」

エクレシアの服装を見て、あざけるように言う男。

布地の薄いそれは、この地方で着られているものとは明らかに異なっていた。

しかし次の瞬間、彼の顔が凍り付く。

その視線は、壁の絵に向けられていた。

「……なっ！　絵が、絵が変わっている⁉」

「ああ、その子に描き直してもらったんだよ。いい仕上がりだろう？」

「バカか！　あの絵はロザージュの作品だぞ!!　売れば大金に……」

そこまで言って、男はハッとしたような顔をした。

すかさず、エクレシアが厳しい顔をして言う。

「本当の狙《ねら》いは、山じゃなくて絵だった」

「ち、違う……。別に俺《おれ》たちは……」

「もし本物のロザージュなら、落書きがあっても数千万ゴールドはする。山の代わりだと言って、本当の価値を知らないおばあさんから取り上げるつもりだった。違う？」

エクレシアの言葉に、老婆は驚いて腰を抜かしそうになった。

彼女の言う通りだとすれば、全くとんでもない話である。

田舎の山など、売っても二束三文にしかならないのだ。

「本当かい⁉　この子のいう通りなら、山の十倍はするじゃないか！」

「……ああ、そうだよ！　けど、こんなになっちまったらもう価値なんてないがな！」

開き直ったのか、男は吐き捨てるようにそう言った。

そして仲間を連れて逃げるように家を後にする。

立ち去ってゆくその背中を見ながら、老婆はフンッと大きく鼻を鳴らした。

「はっ、いい気味だよ！　アタシを騙《だま》そうとするからそういうことになるのさ！」

「……怒らないの？」

「何がだい？」

「私が絵を描き直したせいで、ロザージュの絵としては価値がなくなったかもしれない」

「ははは、どっちにしろ売るつもりなんてないからねえ。いくらだって構いやしないさ。むしろ、あの画家の先生がそこまでの大物だったなんてびっくりだねえ」

噛みしめるように呟《つぶや》く老婆。

どうやら本当に、絵を描いた画家の素性《すじょう》についてはよく知らなかったようである。

もしもロザージュの作品が好きだったらとエクレシアは心配したのだが、そういうわけではないようだ。

「そう言ってもらえるとありがたい」

「むしろ、あいつらの逃げてくとこを見られてせいせいしたよ。さ、ご飯にしようか！」

こうして、夕食を食べたエクレシアはそのまま床に就いた。

そして翌朝、老婆と共に村の広場を訪れる。

「ここで待っていれば、エルマール行きの馬車が来るよ。そこまで出れば、ラージャまでもうすぐさ」

「ありがとう、お世話になった」

「いいんだよ、こういうのは助け合いだからね。またこの村に来たら寄っていくといい」

そう言うと、ゆっくりと家に帰ろうとする老婆。

エクレシアは最後に一言、彼女に告げる。

「もしお金に困ることがあったら、あの絵を鑑定してもらってどこかに預けるといい。売らなくても、預けるだけでお金がもらえるはず」

「ははは、わかったよ」

エクレシアの言葉を、老婆は話半分といった様子で聞き流した。

いくらもともと巨匠の作品だったとはいえ、素性も知れない少女が手を入れた絵である。

素人目《しろうとめ》には綺麗になったとはいえ、それほどの価値があるとは思えなかったのだ。

「……信じてない。けど、まあいい」

本気にされていないことがわかりつつも、決して不快な気分ではなかったエクレシア。

彼女はそのまま、やってきた馬車へと乗り込む。

それからしばらく経《た》ったある日のこと。

たまたま村を訪れた画商に、老婆は件《くだん》の肖像画を見てもらうのだが……。

エクレシアが手を入れたことで、むしろ価値が跳ね上がっていたことに驚くのだった。

第三話

人魚を探して

「おいおい、そりゃまたずいぶんと怖い話だな……」

城に戻った俺《おれ》たちは、さっそく姉さんたちと合流して情報交換をした。

発見した資料の内容を聞いたロウガさんは、おいおいと困ったような顔をする。

無理もない、俺たちだってまだ困惑している。

まさかあんなに不気味なものだとは、思いもしなかった。

「ううむ、それはまたまた面倒な……」

一方、ライザ姉さんは険しい顔をしつつも落ち着いた様子であった。

絶対的な実力からくる自信の表れだろう。

何か出たところで、いざとなればどうとでもなると思っているに違いない。

まあ、俺も姉さんを倒せるような存在なんてほとんど思いつかないし。

せいぜい魔王ぐらいなんじゃないだろうか。

「姉さんたちの方は、何か収穫はあったんですか？」

「そうだな、私たちは普通に依頼をこなしただけだからな。強いて言うと、ヴァルデマール家の嫌われぶりを再確認したぐらいか」

「ああ、ひでえもんさ。領主の城で世話になってると言った途端、受付の姉ちゃんの目つきが変わったからな」

たぶん、その受付嬢さんは結構美人だったのだろう。

ロウガさんの顔はどことなく悔しげであった。

きっと、口説《くど》くつもりだったんだろうな。

「……なるほど。それで、普通に依頼をこなしたってどんな依頼に出かけたんですか？」

「湖に住みついた水棲モンスターの討伐《とうばつ》をしたんだ。ほれ、土産があるぞ」

そう言って姉さんが取り出したのは、一枚の鱗《うろこ》であった。

うわー、綺麗《きれい》だなぁ!!

照明を反射して輝くそれは、さながら宝石を薄切りにしたかのよう。

煌《きら》めく七色の光に、俺たちはたまらずうっとりと息を漏《も》らす。

「依頼主の漁師から貰《もら》ったものでな。網に引っかかっていたらしい」

「何の鱗なんですか？」

「わからんと言われた。魚ではなく、魔物のものだとは思うが……」

「ちょっと確認させてください」

鱗を手にしてみると、微《かす》かにだが魔力を感じた。

この状態になっても魔力が残存しているなんて、持ち主はかなり強力な魔物だったのだろう。

ラミア湖の強力な魔物といえば……。

俺と同じことをクルタさんたちも思ったようで、ハッとしたような顔をしている。

「ひょっとしてそれ、人魚の鱗？」

「可能性はありますね」

「おお、そりゃスゴイ進展じゃねえか！」

「だな。さっそく明日、鱗を見つけた漁師の元をもう一度訪ねてみよう！」

喜ぶ姉さんに合わせて、俺たちは大きく頷《うなず》いた。

もしこれで人魚を見つけることができれば、結界の中に入らなくてもよくなる。

俺たちにとっては、まさしく僥倖《ぎょうこう》ともいえる話であった。

しかしここで、ニノさんが懸念《けねん》を示す。

「でも、人魚に遭遇したとしてですよ。何の対策もしていなければ、私たちもやられてしまうのでは？」

「人魚の一匹や二匹、倒してしまえばよかろう」

「いやいや、そんなに単純にはいかねーだろ」

「そうだよ。それにあんまり乱暴なのもねぇ」

強硬策に出ようとする姉さんを、待て待てと止めるロウガさんとクルタさん。

再び、問題が振り出しに戻ってしまった。

調査隊に何が起きたのかわからなければ、迂闊《うかつ》に人魚に手を出すことなどできないのだ。

俺は顎《あご》に手を当てると、うんうんと頭を捻《ひね》る。

「……もしかして、単純に人魚がみんな美人で惚《ほ》れちまったとかじゃねーのか？　それで帰ってこないとか」

すっかり重くなってしまった場の雰囲気を、和《なご》ませようとでも思ったのだろうか。

ロウガさんがおどけた様子で告げた。

それを聞いたニノさんが、呆《あき》れたように肩をすくめる。

「そんなのロウガだけですよ」

「ははは！　男ならきっとわかると思うぜ、この気持ち」

「行方《ゆくえ》不明になった人物が、全員男だったとでも？」

「……いや、意外と本当にそうかもしれませんよ」

「え？」

真顔でそう言った俺に、ニノさんは間の抜けた返事をした。

ロウガさんも、まさか擁護してもらえると思っていなかったのか驚いた顔をしている。

しかし、俺は至って平静であった。

すぐさま資料の写しを取り出すと、調査隊の名簿を見る。

「見てください。オーランド調査隊は、待機要員を除いて全員が男性です」

「そうか、昔は女の探検家なんて珍しかったからな」

「そうなると……。誘惑の魔法を使われたってこと？」

「ええ、その可能性が高いです！」

クルタさんの質問に、俺は深く頷いた。

誘惑の魔法は、相手を魅了して虜《とりこ》にしてしまうものである。

特に異性に対して効果が高く、これを使われると思考力がなくなってしまう。

オーランド調査隊の記録が断絶してしまったのも、それが原因と考えれば納得がいった。

そして、仮に誘惑の魔法だとすれば対処法はいくつか考えられる。

まず人魚にとって同性である女性には効きづらいし、魔力で干渉すれば破れるはずだ。

古典的だが、痛覚など別の感覚で誤魔化《ごまか》すという方法もある。

「……ちょっと光が見えてきたね！」

「はい！」

「これでどうにかなりそうだな。よし、今日のところは寝るか」

こうして俺たちは解散し、それぞれの自室へと引き上げようとした。

だがここで、廊下から凄《すさ》まじい金切り声が響いてくる。

耳がキンっと痛くなるほどだ。

「な、なんだ⁉」

「行ってみよう！」

大慌てで廊下に出ると、俺たちはそのまま声がした方へと走った。

どうやら声は、上階にあるレオニーダさんの部屋から響いてきたようだ。

まさか、襲撃でもあったのか⁉

日頃《ひごろ》から領民たちの恨みを買っていそうなだけに、最悪の可能性が脳裏《のうり》をよぎる。

だがここで、階段を駆け上がろうとした俺たちの行く手をテイルさんが遮《さえぎ》った。

「いけません‼」

「何故《なぜ》だ！　あの声、ただ事ではないぞ！」

「いつもの発作です、しばらくすれば戻られます」

「発作？」

「何日かに一度、あることなのです」

「しかしだな……」

こうして言い合っているうちにも、レオニーダさんの声が響く。

耳をつんざくようなそれは、聞いているだけで背筋が寒くなるようだった。

しかし、テイルさんは頑として俺たちを通そうとはしない。

「皆様が行くと、逆効果なのです。どうか、そっとしておいてください」

やがてテイルさんの言った通り、レオニーダさんの声が収まった。

本当に、この城でいったい何が起きているというのか。

俺たちが疑惑の眼差《まなざ》しを向けると、テイルさんは申し訳なさそうに告げる。

「いずれ必ず、お話しいたしますので」

彼女の態度に押されて、渋々自室へと引き上げていく俺たち。

こうして夜は不穏な気配と共に更けていくのであった。

○●○

翌朝。

俺たち五人は、さっそく鱗を発見した漁師の元を訪れた。

漁師のおじさんは突然の来訪に驚いたものの、事情を説明すると詳しい話を聞かせてくれる。

もともと、かなり人懐《ひとなつ》っこい性格らしい。

悪評のある領主の客なのに、とてもありがたいことだ。

「その鱗を見つけたのは、一週間ぐらい前だったかな。ここから岸に沿って一時間ぐらい行ったところに、いい漁場があってね。そこで網を上げた時に引っかかってたんだよ」

そこで捕れるブラックフィッシュは絶品だと、漁師さんはニカッと白い歯を見せて笑った。

そういえば、昨日の夕食にも大きな黒い魚が出されていたっけ。

淡白で美味《おい》しい肉質の魚だったけれど、このラミア湖の特産品だったのか。

「人魚も魚を食べに来たんでしょうか?」

「そうかもな。昨日のあれは絶品だったしよ」

「今からその場所へ行けますか? 船賃なら払いますから」

そういうと、俺は財布の中から金貨を一枚取り出して見せた。

船賃としては破格といってもいい額である。

それを目にした途端、漁師さんの眼の色が変わる。

「ははは、ずいぶんと気前がいいな! スゲーぜ兄ちゃん!」

「別に、そこまでのことは」

「すぐ連れてってやるぜ。ほら、乗りな!」

ノリのいい漁師さんに誘われ、そのまま船へと乗り込む俺たち。

しかし、もともとは一人か二人で乗ることを想定していた船なのだろう。

俺たち全員が乗ると、船体が深く沈み込んで今にも沈没してしまいそうになる。

「おっとっと! こりゃいけねえな! 誰《だれ》か降りてくれるか?」

「……なら俺が引くか。男だしな」

そう言って、ロウガさんは桟橋に戻ろうとした。

人魚が誘惑魔法を使うとするならば、彼が引くのは賢明な判断かもしれない。

しかし、相手がまだどんな戦法を取ってくるかはわからないのだ。

ここで戦力を減らしてしまうのは、ちょっとばかりまずい。

「ロウガさん、降りなくていいですよ」

「んん？」

「ロウガさんの防御力は貴重ですから。相手の出方を見るのに必須です」

「だが、そうはいっても誰か降りないと船が出せないだろう？」

「こうすればいいんですよ」

俺は船縁《ふなべり》から身を乗り出すと、水面に手を付けた。

そして魔力を軽く放出すると、水の流れに干渉する。

たちまちブクブクと気泡が上がり始め、水流が船体を押し上げた。

沈みかけていた船が、ふわりと浮き上がる。

「おわっ⁉　魔法か⁉」

突然のことに、驚いてよろめく漁師さん。

俺はその背中を急いで支えると、笑いながら答える。

「はい、これなら行けませんか？」

「行けると思うが……制御はできるのか？」

「もちろん、行きたい方向に船を動かせますよ」

「……むしろ、俺がいらなくないか？」

何故か、自信をなくしたように肩をすくめる漁師さん。

するとクルタさんが、その肩をポンポンと叩《たた》いて言う。

「気にしちゃ負けだから」

「そう、なのか？」

「ああ、俺たちなんてもっと圧倒されっぱなしだ」

いつの間にか、俺と姉さんを抜いて謎《なぞ》の共感の輪ができていた。

うーん、そんなみんなに避けられるようなことしたかな？

俺はとっさに姉さんの方を見るが、姉さんもまたわからないとばかりに首を横に振った。

そして、少し苛立《いらだ》った様子で言う。

「まったく、何の話をしているのだ？　それよりも早く、行こうではないか！」

「ええ。人魚が俺たちを待ってますよ」

「……っと、そうだな。よし、俺が行き先を手で示すからそれに従ってくれ」

「了解です！」

こうして、俺は漁師さんの案内で船を進めた。

水流に押された船体は、軽《かろ》やかに水面を切っていく。

湖を渡る風が心地よく、身体が程よく冷えた。

景色の良さも相まって、何とも気分爽快だ。

「ふぅ、気持ちいいですね！」

「うん！　これで遊びだったら文句なしなんだけどねー」

「この辺りから少し浅いぞ。気をつけてくれ」

気分よく船を進める俺たちに、注意を促す漁師さん。

やがて岸が近づいてきたので、俺はそれに沿うようにして船を進めた。

そのまま進み続けること、十五分ほど。

漁師さんが言っていたよりも、はるかに早い時間で目的地に到着する。

「このあたりだ」

「うわ、いかにもって感じのところだね」

「だな。昼だってのにずいぶん暗い」

周囲を見渡し、顔をしかめるロウガさん。

岸は高く切り立った崖となっていて、さらに湖に向かって突き出ていた。

その下には大きな影ができ、深い闇《やみ》が広がっている。

まだ日も高いというのに、どことなく不気味で陰気な雰囲気の場所だ。

「あの崖のおかげで、この辺りは魚のたまり場になっていてな。ちょっと暗いが、いい漁場なんだよ」

「へえ……」

「人魚が潜むにも、ちょうどいい場所なのかもしれないですね」

「そうだな、人目にはつきにくそうだ」

「……む、あそこに洞窟《どうくつ》があるではないか」

やがて、姉さんが崖下に小さな洞窟があるのを発見した。

ちょうど暗がりにあるのでわかりにくいが、人が立って入れそうなぐらいの穴である。

人魚のような亜人が住み着くには、まさしくうってつけの場所だろう。

「見るからに怪しいですね」

「ああ、ぷんぷん匂《にお》うな」

「よし行くぞ！　進め！」

「ちょ、ちょっと！　いきなり立ったらバランス崩れますよ！」

バランスを崩しかけ、ふらつく船体。

それをどうにか落ち着けると、俺はゆっくりと舳先《へさき》を洞窟の方へと向けた。

だがここで、不意に妙な気配を感じる。

「ロウガさん!!」

「おうよ！」

俺が声を掛けると、すぐさまロウガさんが大盾を構えた。

皆も武器を抜き、戦いに備える。

直後、巨大な水の塊《かたまり》が盾に直撃した。

これは、ブレス攻撃か⁉

俺たちが驚いていると、やがて水面が不気味な音を立てて盛り上がる。

「こ、こりゃ……‼」

「カエル⁉」

俺たちを船ごと呑《の》み込《こ》んでしまうような、巨大なカエルが姿を現したのだった。


―――○●○―――


「ゲロロロロロロ……！」

湖面から現れた巨大なカエル。

そのぎょろりと突き出した眼は、何とも言えない嫌悪感があった。

こういうのを、生理的に無理とか言うのだろうか？

表皮もねっとりとした粘液を纏《まと》っていて、微かに生臭い匂いもしてくる。

「デカッ‼　気持ち悪っ‼」

カエルに対して、露骨に嫌な顔をするクルタさん。

姉さんやロウガさんもまた、匂いに耐えられないのか鼻を押さえて額に皺《しわ》を寄せる。

しかし一方で、ニノさんは興味津々といった様子だった。

「……かわいい」

「え？」

「な、何でもないです！　それより、どうするんですか？」

ニノさんの声に合わせるように、再びカエルが水を吐き出した。

うわっ！　すごい勢いだ！

水の弾丸が次々と湖面に命中し、大きな波を巻き起こす。

たちまち船が揺れて、水飛沫《みずしぶき》が顔にかかった。

このままでは、船が沈没してしまうのも時間の問題だろう。

「くっそ、わざと離れたところを狙《ねら》ってやがるな！　これじゃ防げねえ！」

「ジーク、この波ってどうにかならないの⁉」

「打ち消すのはちょっと難しいですね！」

「クソ、まずいな！」

カエルを見ながら、渋い顔をするライザ姉さん。

こうも揺れが激しいと、斬撃を飛ばして当てることも難しい。

しかも、相手には強力な飛び道具がある。

天歩《てんぽ》で近づいていくのも、少し厳しいのかもしれない。

こうなったら、ちょっと大げさになるけど仕方ないか……。

「ジョリ・ジーブル！」

迸《ほとばし》る冷気の嵐《あらし》。

たちまち湖面が凍り付き、船体の揺れが止まった。

これで、もう船が沈没することはないだろう。

俺は船から飛び出すと、そのままスケートの要領で氷上を駆け抜ける。

「はあぁっ!!」

突然の冷気に戸惑い、身動きが取れなくなっているカエル。

一息で距離を詰めた俺は、その身体の下から掬《すく》い上げるように斬撃を放った。

たちまち巨体がひっくり返り、そのまま氷を割ってザブンと沈む。

やがて浮かび上がってはきたものの、目に光はなく完全に息絶えていた。

「ふぅ……。これで良しと」

一仕事終えた俺は、そのまま船に戻った。

するとたちまち、ロウガさんたちが笑顔で迎えてくれる。

「相変わらずだな！　大したもんだぜ」

「いや、近づくことさえできればどうとでもなる相手でしたから」

「普通は、湖を凍らせて近づこうなんてならないけどね」

「陸上であれば、私が叩き斬《き》ってやったのだがな。……あまり斬りたくはないが」

水に浮かぶカエルの死骸。

その表面はヌルリとしていて、さらに傷口から溢《あふ》れた体液が酷《ひど》い悪臭を放っている。

……もしかして姉さん、カエルが気持ち悪くてすぐに動けなかったのか？

よくよく考えてみれば、姉さんなら水の上ぐらい走れる気がするし。

俺の言いたいことを察したのか、姉さんはバツが悪そうに言う。

「…………人魚については任せておけ。私がやる」

「お願いしますよ」

「しかし、こんな魔物が漁場の近くに住み着いていたなんて。道理で、最近水揚げが減ってたわけだよ」

やれやれと呆れた顔をする漁師さん。

彼はカエルの死骸を見ながら、大きく肩を落とした。

どうやら、地元の人でも初めて見る種類の魔物らしい。

どこかからやってきたのか、突然変異でもしたのか。

いずれにしても迷惑な話である。

「山から下りてきたのかねぇ……」

「あとで、ギルドに報告をしておくか」

「そうですね。こんなのが繁殖してたら漁師さんも困っちゃいますよ」

「ま、これぐらいなら地元の冒険者がどうにかするだろ。俺たちだって、もっとデカい船を準備してきていればなぁ」

ロウガさんの言う通り、苦戦したのはこちらの準備不足が大きいだろう。

きちんと準備していれば、地元の人たちでも対処できる範囲だ。

「さて、そろそろ行きますか」

「だね、本題はこれからだよ」

そうこうしているうちに、氷が割れた。

俺たちは改めて、船を洞窟に向かって進めていく。

ひょっとするとまた何か得体の知れない魔物が出現するかもしれない。

穴に接近するにつれて自然と緊張感が高まった。

やがて、闇の奥で何かがきらりと光る。

「おいおい、まさか本当に……！」

「……来ますよ！　かなり強い魔力です‼」

とっさに魔力探知をすると、洞窟の奥から魔力を帯びた何かが迫ってくるのがわかった。

これは間違いない、人魚だ！

俺は急いで船を止めると、剣の柄に手を掛けた。

クルタさんや姉さんたちも、それぞれに武器を手にする。

高まる緊張感に、唯一の非戦闘員である漁師さんが悲鳴を上げる。

「お、俺はどうすれば……！」

「頭を抱《かか》えて、下を向いてください！　人魚の姿を見たらダメです！」

「ひいぃ！　わ、わかった!!」

俺の指示に従って、漁師さんは背中を丸めて頭を低くした。

……さて、いったい何が出てくるのか。

穴の入り口を見守っていると、やがて人間の頭のようなものが見えてきた。

さらりと薄桃色の髪が流れ、陽光に煌めく。

女性らしい曲線を描く肢体に、山の白雪を思わせる肌。

顔はまだ見えないが、シルエットだけでも寒気がするほどに美しい。

「……すげえ」

「ロウガさん！　しっかり！」

「す、すまん！」

「これを！　古典的ですが、誘惑対策の苦薬です！」

そういって、ニノさんは竹筒の中から黒い丸薬を取り出した。

それを皆で分け合い、慌てて口に放り込む。

たちまち、強烈な辛みと苦みが襲い掛かってくる。

な、なんだこれっ⁉

その辺の雑草を煎《せん》じて、辛みと苦みだけを取り出して固めたようだった。

もはや味覚というより、物理的な衝撃とでもいった方がいいような有様《ありさま》だ。

今まで口にしたものの中で、ダントツでまずい……！

し、死にそう……！

「んぐ……！　し、死ぬ‼」

「ニノ、なにこれ！」

「我慢してください、お姉さま！　これで感覚を、平静に保つんです……！」

「な、なるほど……！　他の感覚で誤魔化すわけですね……！」

そうは言っても、苦しいものは苦しい。

みんな酷い顔色をして、船上はもはや地獄のよう。

ロウガさんなど、今にも何か吐き出してしまいそうな顔で口元を押さえている。

しかし、誘惑されてしまうよりはこの方がはるかにマシだ。

そう思っていると、俺たちの耳に予想外の言葉が届く。

「あの！　ありがとうございました～～～～!!」

はにかんだ笑みを浮かべ、どこかふんわりとした優しい声で叫ぶ人魚。

あれ、思ったよりもフレンドリー？

さらに能天気に手を振り始めた彼女を見て、俺たちはたまらず呆気《あっけ》にとられる。

「……なんか、いいやつっぽいな」

人魚の朗《ほが》らかな雰囲気に、ロウガさんがぽつりとつぶやいた。

彼の言う通り、こちらを害するような気配はまったくといっていいほど見られない。

俺もすっかり毒気を抜かれてしまった。

だが、まだまだ油断することはできない。

人畜無害そうに見せて、こちらが警戒を解くのを待っているのかもしれないのだから。

姉さんもそう思ったのか、表情を引き締めて注意を促す。

「気を付けた方がいい。本当に恐ろしい奴《やつ》ほど、笑顔で迫ってくるものだ」

「そうですね。とりあえず、ゆっくり接近しましょう」

「薬の追加、しますか？」

「それはいい」

ニノさんからの問いかけに、皆は声を揃《そろ》えてそう答えた。

そうしているうちに、人魚はゆっくりとこちらに泳いでくる。

何とものんきな様子で、その手には武器なども携えていなかった。

魔法を放つような素振りも見受けられない。

「ほんとに助かっちゃいました。あのカエルのせいで、洞窟から出られなかったんですよー！」

「ああ、そ、そうなんだ……」

「ん？　人間さん、何だかずいぶんと緊張してますね？」

俺たちの顔を覗《のぞ》き込みながら、不思議そうに首を傾《かし》げる人魚。

すると姉さんが、呆れたように言う。

「人魚は人を惑わせるらしいからな。警戒して当然だ」

「そんなことないですよ！　誤解です！」

そういうと、人魚は怒ったようにぶんぶんと頭を横に振った。

そして、大きく胸を張って言う。

「私たち人魚族は、この湖の底で平和に暮らしているだけです！　時折、お魚を失敬したりすることはありますが……。人間さんを惑わすようなことはしていません！」

「うーむ……嘘《うそ》を言っているような雰囲気はないな」

ライザ姉さんはそう言うと、意見を求めるように俺たちの方を見た。

……確かに、この人魚からはあまり悪意が感じられない。

クルタさんたちも同意見のようで、いささか戸惑ったような顔をしている。

出かける前に想像していた人魚の姿とは、あまりにもかけ離れていた。

もっと、美しくも恐ろしい存在だと思っていたのだ。

「でも人魚さん、あなたたちの集落を訪れて帰ってこなかった人がたくさんいるんだよ?」

「え? 集落に人間さんが来たことなんてありませんよ?」

どうにも、話が食い違っているな……?

俺は船縁から身を乗り出すと、すぐさま人魚に聞き返す。

「本当に、来たことはないんですか?」

「はい。そもそも、来られるような場所じゃないですよ。私たちの集落は、湖の底のながーい水中洞窟の先にあるんですから」

「湖中央部の小島じゃないのか?」

ロウガさんがそう尋ねると、人魚はひどく驚いた顔をした。

そして数秒後、耳が痛くなるような大声を上げる。

「違います!!!! そこ、封印の地じゃないですか!!」

「………封印の地?」

「何だか、物々しい響きですね」

「その昔、この地を支配していた大悪魔ベルゼブフォの封印されてる場所です。そりゃ物々しくもなりますよ!」

ベルゼブフォ？

全く聞いたことのない名前が出てきたな……。

俺たちは地元民である漁師さんの方を見るが、彼はすぐさま首を傾げて否定した。

「俺もそんなやつ、知らねえよ。爺《じい》さんなら、ひょっとして何か知ってるかもしれねえが……。去年死んじまったからなぁ」

「なるほど……。人魚さん、何なんですかそのベルゼブフォって」

「伝承によると、すっごくでっかいカエルの悪魔だそうですよ。さっきのカエルは、たぶん奴の眷属《けんぞく》だと思います」

「封印されているのに、眷属が暴《あば》れているのか？」

姉さんの質問に対して、人魚はゆっくりと首を縦に振った。

その顔には、先ほどまでとは異なる緊迫感がある。

「それが最近になって、封印が弱まっているようなのです。そこで私が、地上に出て様子を見に来たというわけなのですが……このざまでして」

そう言うと、人魚は気恥ずかしげにポリポリと後頭部をかいた。

悪魔の封印が弱まった理由か……。

ひょっとしてこれも、魔族関連だったりするのだろうか？

人間界で騒動を起こしたい魔族の勢力が、あちこちで暗躍していたらしいからなぁ。

俺たちが魔王軍の幹部と接触したことで、今でこそ小康状態にあるけれど。

それまでの間に、何が起きていたとしても不思議ではない。

「だが、そうなってくると変だぜ。ジークたちが見た資料には、人魚と会ったたって書いてあったんだろ?」

「……その部分は、後から書き足したのかもしれません」

「ん? でもあの資料を調べた時には、そんな痕跡見つからなかったような……」

「うまく誤魔化されたんですよ」

顎に手を押し当て、何か考え込むような仕草をするニノさん。

彼女はそのまま、ぽつぽつと語り続ける。

「資料を読んだ後、紙を削って何かを隠したような痕跡を指摘しましたよね? きっと、その部分にはもともと何もなかったんです。でも、あえて目立つように痕跡を残した」

「どうしてそんなことをするのさ?」

「注意をそらすためです。書き足した部分の不自然さに目がいかないように。結果、見事に騙《だま》されてしまいました……」

「なかなか、うまく考えたもんだ」

腕組みをしながら、ロウガさんがうんうんと頷く。

確かに、目立つ隠蔽《いんぺい》の跡があればそっちにばかり眼が行ってしまうもの。

加えて資料が足りないという印象を持てば、書き足したことには気づきにくくなる。

シンプルながら、練り上げられたやり方だった。

明らかに素人《しろうと》の手口ではない。

「……つまり、今までにわかったことからすると、結界の内部に入った人たちは人魚ではなくそのベルゼブフォって悪魔に襲われた可能性が高いということですね？」

「こりゃいよいよ、きな臭くなってきたな。どうする、レオニーダ様に報告するか？」

「うーん、ヴァルデマール家が事態に関与してるかもしれませんが……。するべきですね」

流石《さすが》にここまできたら、一度、詳しく話を聞いてみるべきだろう。

そう言ったところで、人魚が「あのー」と申し訳なさそうに声を上げた。

俺たちが身内だけで話し込んでいたので、手持ち無沙汰《てもぶさた》になっていたようだ。

「せっかくですし、何かお礼をしたいのですが。できることはありますか？」

「え？」

思いもよらない申し出に、俺は思わず思考が停止しそうになった。

そうだ、今この場で人魚……いや、人魚さんに泣いてもらえば話は済むじゃないか！

そして人魚の涙を持って帰り、代わりにオリハルコンの短剣を貰って帰る。

驚くほど簡単な話である。

「な、なら……泣いてくれませんか？　俺たち、人魚の涙が欲しいんです！」

「へ？　涙ですか？」

「はい！　ほんのちょっと、少しだけでいいので！」

前のめりになりながら、懸命にお願いする俺たち。

すると人魚さんは、ちょっと困ったような顔をして言う。

「たぶん、伝説を信じているのだと思うんですけど……。私たちの涙に、不老の力などありませんよ」

いともたやすくひっくり返されてしまった大前提。

……何てこったよ。

俺は思わず、そう叫びそうになるのであった。

第四話

宝の真実

「……本当なのか、それは？」

衝撃の事態から数十秒後。

改めて、ライザ姉さんが人魚さんに尋ねた。

その声は低く、深刻さが滲《にじ》み出ている。

ある程度は予想していたこととはいえ、実際に知らされるとその衝撃は大きかった。

そこを否定されてしまったら、今回の依頼自体が成り立たなくなるからなぁ。

しかし人魚さんは、至って平静な様子で答える。

「恩人に嘘《うそ》なんて言いませんよ。人魚の涙には、神秘的な力なんて何もありません。ただ私たちがとても長生きな種族なので、そこから伝説が生まれただけです」

「あー、すっごくありがちな話だなぁ」

「だがよ、それじゃあどうして人魚は隠れ住んでるんだ？　狙《ねら》われる理由が他にあるのか？」

ここで、ロウガさんが疑問を投げかけた。

言われてみれば、確かにそうである。

人魚の涙にまつわる伝説が嘘ならば、姿を隠す必要などないだろう。

するとと人魚さんは、何やら複雑な顔をして言う。

「えっと、そのですね……。自分たちで言うのもなんなのですが、美しすぎたんです」

「そりゃどういうことだ？」

「私たちを巡って、いろいろと争いが起きたんです。それで、人魚は排斥《はいせき》すべしとの声が高まって……」

「いうなれば種族丸ごと、傾国の美女ってわけですか」

「そんなとこですね」

ニノさんの言葉に同意して、うんうんと頷《うなず》く人魚さん。

彼女自身、思わず見惚《みと》れてしまうほどの美貌の持ち主である。

人魚たちを巡って争いが起きたというのも、十分に納得できる話であった。

「……しかし、どうしたものか。真実を伝えたところで、レオニーダ様は納得しないぞ」

「うーん、こうなったら直接人魚さんに会ってもらうしかないかもですね」

俺《おれ》はそう言うと、改めて人魚さんの顔を覗《のぞ》き込んだ。

すると彼女は、任せてほしいとばかりに胸を叩《たた》く。

「お任せください！　それぐらいのことなら、こなしてみせますとも！」

「大丈夫？　ちょっと危険かもしれないよ？」

少し心配そうな顔をするクルタさん。

希望を断たれたレオニーダさんが、やけになって何かする可能性もなくはなかった。

だが人魚さんは、気にしないとばかりに言う。

「平気です！　こう見えても、そこそこには強いので！」

「ははは、そりゃ頼もしいな」

「それなら、できるだけ早くレオニーダ様をここへ連れてきます。その時、また来てもらえますか？」

「はい！　あ、そうだ。これをどうぞ」

そう言うと、人魚さんはどこからか白い貝殻を取り出した。

かなり大きな巻貝で、人魚さんの顔ほどもある。

手にすると軽く、揺らすとガラスを叩いたような澄んだ音が響いた。

いったい何の貝なのだろう？

微《かす》かにではあるが、魔力も感じられる。

「これを軽く振って、私の名前を呼んでください。私はサマンっていいます！」

「サマンさんですね、わかりました」

「ではまた！　集落に無事を報告しなくてはならないので！」

そう言うと、サマンさんはちゃぷんっと水音を立てて潜っていった。

その姿はあっという間に青い水の底へと消えていく。

こうしてみると、湖は俺たちが思っているよりもずっとずっと深いようであった。

道理で、人魚たちの集落が今まで見つからなかったわけだ。

こんなに深いのでは、人間が潜っていくことはまず不可能だろう。

「行っちゃいましたね」

「ボクたちも戻ろっか」

「そうですね。早く戻ってレオニーダ様に知らせましょう」

俺は再び船縁《ふなべり》から身を乗り出し、湖面に軽く手をつけた。

たちまち水流が巻き起こり、船が軽快に進み始める。

こうして俺たちは、ひとまずエルマールの街へと戻るのであった。


——○●○——


「さて……どうやって知らせたものかね」

サマンさんと別れてから、数時間後。

城に戻るや否《いな》や、ロウガさんは大きなため息をついた。

それに同調するように、クルタさんやニノさんも渋い顔をする。

俺もこれからのことを想像すると、どうにも憂鬱《ゆううつ》だった。

あのレオニーダさんが、素直に事態を受け入れるとは思えない。

「取り乱したりしたら、どうする？　最悪、自殺すらしかねないよ」

「そこは、あのテイルというメイドに任せるしかねーだろ」

「もし暴《あば》れたら、私が取り押さえよう。なに、ケガはさせせんさ」

そう言って自信を見せるライザ姉さん。

何だかんだ、こういったときはすごく頼りになるなぁ。

力加減だけは、ちょっと心配になるけれど。

「けど、問題はその後のような気もしますね」

「短剣を譲ることを拒否するかもってことか？」

「それもありますけど、今よりもっと無茶をするんじゃないかって」

俺はそう言うと、城の窓から街を見下ろした。

夕刻の忙しい時間だというのに、人通りはまばらでひどく物寂《ものさび》しい。

ヴァルデマール家の課した重税の影響で、街の活気が失われているのが明らかであった。

「たぶん、レオニーダ様は税の大半を自らの美容に使っているんだと思います。これでもし、人魚の涙に効果がないってわかったら……」

「今よりももっと税を上げて、金を注《そそ》ぎ込むかもってか」

「ええ。最悪、税に耐えかねて街から人がいなくなっちゃいますよ」

「とはいっても、ボクたちに何ができるかな？」

「うーん、そうですねえ……」

椅子に座り込み、どうしたものかと知恵を絞る俺。

レオニーダさんに、ありのまま年を取る方が素敵だとか言ってみるか？

でも、そんなことで説得されるような人ならここまでの状況には至っていないだろう。

進言をする人物は周囲に何人もいたはずだ。

今更、部外者の俺たちが何か言ったぐらいで変わるとも思えない。

むしろ、気休めを言うなと強く反発されそうだ。

かといって、何もしないまま見過ごすのも無責任だ。

最悪、街がもっと荒廃してしまうかもしれないのだから。

「何かいい方法は……」

困った俺は姉さんやクルタさんに視線を向けたが、彼女たちも何も思いつかないのだろう。

物憂げな眼差《まなざ》しと、微かな吐息だけが返ってくる。

「……失礼いたします」

こうして皆で思い悩んでいると、不意に部屋の扉が開かれた。

振り向けば、テイルさんがこちらを見て優雅に頭を下げる。

「レオニーダ様より、状況を伺《うかが》いたいとの仰《おお》せです」

「……わかりました、俺たちもちょうど伺おうと思っていたところです」

俺たちは互いに顔を見合わせたのち、意を決してレオニーダさんの執務室へと向かうのだった。


――○●○――


「どうですか？　何か、人魚の涙に繋《つな》がる糸口は見つけられましたか？」

俺たちが執務室に入ると、すぐにレオニーダさんが尋ねてきた。

口調こそ丁寧であるが、そのまなざしは鋭い。

俺たちが首尾よくやっているかどうか、それだけ心配だということなのだろう。

人魚の涙に掛ける彼女の思いの強さが伝わってくる。

「それについてなのですが。私たちは人魚と接触することに成功しました」

レオニーダさんの圧に屈することなく、ライザ姉さんが切り出した。

流石《さすが》は剣聖、物怖《ものお》じしない見事な態度である。

するとたちまち、レオニーダさんの眼が危険なほどの輝きを帯びる。

「それは素晴らしい!!　もしや、もう人魚の涙を手に入れられたのですか!?」

「いいえ。実は、その人魚から聞いた話なのですが……」

コホンっと咳払《せきばら》いをすると、姉さんは一拍の間を置いた。

レオニーダさんは、早く話の続きを聞きたいのか腰を浮かせて前のめりになる。

……このままだと、ショックが大きすぎるかもしれない。

俺はとっさに、姉さんとレオニーダさんの間に割って入った。

そして呼吸を整えると、できるだけ平静を装って告げる。

「レオニーダ様、その、とにかく落ち着いてください」

「はい？」

「これから何を聞いても、暴れたりしないでほしいということです」

「……もちろん。ヴァルデマールの当主として、そんなことはしません」

不穏な気配を察しつつも、確かに頷いたレオニーダさん。

そこで改めて、姉さんがゆっくりと切り出す。

「……人魚の涙には、若返りの力などなかったのです」

「…………！」

レオニーダさんは石化したように硬直してしまった。

事態をすぐに飲み込むことができず、思考が停止してしまったようである。

半開きになった口から、呼吸音だけが静かに聞こえる。

こうして彼女が動かなくなっているうちに、代わりとばかりにテイルさんが尋ねた。

「その人魚の言うことは信用できるのでしょうか？」

「嘘をついている感じではなかったな」

「あれで本当じゃなかったら、大した役者だと思うよ」

サマンさんの様子を思い出しながら、あっさりとした口調で告げるクルタさん。

あの場に居合わせた俺たち全員が、うんうんと頷いた。

人を見た目で判断するのは危険だが、あのホンワカした雰囲気のサマンさんが嘘をついていたとも思えない。

そもそも、人魚の涙に若返りの効果があるという伝説自体が胡散臭《うさんくさ》いものであったし。

真実だと考えるのが、妥当なところであろう。

「……そうですか。では、資料に記載のあった場所には何があったのですか？」

やがて、気を取り直したような口調でレオニーダさんが尋ねてきた。

血の気が引いたその顔は、さながら魔女か何かのように不気味な印象だ。

しかし、予想していたよりはずっと落ち着いている。

レオニーダさん自身、伝説をそこまで信じていなかったということだろうか。

その割には、前に怪しいと言った時はムキになっていたような気がしたけれど。

「あの場所には、悪魔が封印されているそうです」

「悪魔？」

「はい。昔、ラミア湖を支配していたベルゼブフォという大悪魔だとか」

俺がそう言うと、レオニーダさんの目つきが再び変わった。

彼女は椅子に深く腰を下ろすと、そのまま顔を下に向けてぶつぶつとつぶやく。

そして数分後、やけにからっとした声で俺たちに告げた。

「……やむを得ません、人魚の涙については諦《あきら》めましょう」

「……え、いいんですか？」

思いのほか素直な返答に、俺は思わず聞き返してしまった。

クルタさんたちも、驚いたように目を見開く。

もっと、あれこれと騒いで粘るものだとばかり思っていたのだ。

するとレオニーダさんは、どこか含みのある笑みを浮かべて言う。

「いいも何も、仕方のないことではありませんか」

「でも、構わないのですか？　若返りの秘薬が存在しなかったのですよ？」

「それが事実ならば、受け入れるよりほかないでしょう」

「はぁ、おわかりいただけたなら何よりなんですが……」

「それから、短剣についてもお渡しいたしましょう。お仕事、お疲れ様でしたわ」

そう言うと、レオニーダさんは胸元《むなもと》から銀色のカギを取り出した。

まさか、仕事の報酬まできっちりもらえるとは。

当然といえば当然だが、気前がいいというか物分かりがいいというか。

思ってもいなかった展開に俺たちはすっかり拍子抜けしてしまった。

すると、カギを受け取ったテイルさんがサッと手を上げて導く。

「皆様どうぞこちらへ。宝物庫へご案内いたします」

こうして、テイルさんに続いて執務室を出る俺たち。

首尾よく仕事を終えて、目的のものを手に入れた……はずなのだが。

どこか納得いかない気分だ。

皆も腑《ふ》に落ちないのか、どことなく沈んでいる。

「これでうまく行った……のかなぁ？」

「あの反応、ちょっと不可解でしたね」

「うーん、まあいいんじゃねえか。短剣も手に入るわけだしよ」

クルタさんとニノさんのつぶやきに対して、半ばあきらめたように言うロウガさん。

ある意味で大人の対応である。

すると姉さんもまた、彼に同調するように腕組みをして語り出す。

「世の中、あまり関《かか》わり合いにならない方が良いことも多いからな。あのレオニーダという領主、正直なところ苦手だ。性格が合わん」

「あー、まあ姉さんはそうでしょうね」

「だいたい、何故《なぜ》会う時にいちいち仮面を着けねばならんのだ」

そう言って、姉さんはサッサと仮面を外してしまった。

そしてそのまま、ポイッと俺の方に投げてくる。

「わわわ、いきなり投げないでよ！」

「そのぐらい、簡単に受け取れるだろう？」

「そりゃそうですけど」

「……宝物庫につきました」

俺と姉さんの会話を遮《さえぎ》るように、テイルさんが告げた。

もともとは、武器庫か何かだったのだろうか？

廊下を塞《ふさ》ぐかのような、黒く重厚な鉄扉が目に飛び込んでくる。

やがてテイルさんがカギを差し込むと、ガチャッと大きな音がした。

あまり人の出入りはないのだろう、少しばかり錆《さ》びついているようだ。

「……おおお！」

やがて扉が開くと、俺たちは中の光景に圧倒された。

まさしく、金銀財宝の山。

そこら中に価値のあるお宝が置かれていて、足を踏み入れるのがためらわれるほどだ。

流石は芸術都市を治めるヴァルデマール家、その財産は半端《はんぱ》ではないらしい。

「これでも、半分ほどは処分したのですよ」

「ということは、元は倍もあったのか⁉」

「ええ。金貨だけでも、この宝物庫がいっぱいになるほどでしたから」

「はぁ……金ってあるところにはあるもんだなぁ」

心底圧倒された様子で、つぶやくロウガさん。

俺もこれほどの量の財宝を見るのは、流石に初めてである。

お金に困っているわけではないが、少し分けてほしいなどと考えてしまう。

この十分の一でも、きっと城が建つだろうなぁ。

「例の短剣は……………こちらですね。どうぞ」

こうして宝物庫の中を一通り見まわしたのち、テイルさんは木製の小箱を手にした。

相当に年季が入っていて、真鍮《しんちゅう》製の金具が錆びついてしまっている。

一見するとただの古ぼけた箱だが、その奥から強い魔力を感じることができた。

「開けていいですか？」

「ええ、もちろん」

深々と頷くテイルさん。

俺はゆっくりゆっくりと蓋《ふた》を開いた。

するとたちまち、銀色の輝きが周囲に溢《あふ》れる。

「これが……！」

木箱に納められていた短剣は、言葉を失うほどに美しかった。

沈んだ銀色に光る刃は、どこか危うさすら感じさせる。

完全な状態のオリハルコンは、これほどまでに見事な物なのか。

神々の金属と呼ばれるのは、性能面に限った話ではないのかもしれない。

外見もまさしく、神と形容されるに相応《ふさわ》しいものだった。

「惚《ほ》れ惚《ぼ》れするな……」

「これを聖剣の修復に使うのは、ちょっともったいない気もしますね」

「錆びついてないオリハルコンが、ここまで綺麗《きれい》なもんだとはなぁ」

俺は名残惜《なごりお》しさを覚えつつも、木箱の蓋を閉めた。

そしてそれを、マジックバッグへと放り込む。

とにもかくにも、これでエルマールを訪れた目的は達成された。

後はラージャに戻って、バーグさんに短剣を渡せばおしまいである。

「これで良し。帰りましょうか」

「なーんかすっきりしない感じだけどねえ」

「……まあ、俺たちはよそから来た冒険者だからな。いちいち残って様子を見守るわけにもいかねえよ」

どこか消化不良といった様子のクルタさんに、ロウガさんが諭すようにそう言った。

彼の言う通り、この街にいつまでも滞在しているわけにもいかない。

こうしている間にも、魔族の脅威は刻一刻とラージャに迫っているかもしれないのだ。

できるだけ早く、聖剣を復活させせなければならない。

「しかし、今日はもう夜だな。馬車がないかもしれん」

「ええ、いったんこちらでお休みください。明日、出立ということで」

「わかりました、お願いします」

テイルさんの提案に、素直に頷く俺たち。

こうして迎えた翌日。

城門の前まで来た俺たちは、街の雰囲気がどこか普段と異なることに気付く。

昨日までとは打って変わって、何やら活気に満ちていたのだ。

いったい何が起きたというのだろう？

「……人が多いですね」

「ああ、ずいぶんと賑《にぎ》やかだな」

手で庇《ひさし》を作り、周囲を見渡すライザ姉さん。

その視線の先には、黒山の人だかりができていた。

閑散としていた街に、まだこれだけの人が残っていたとは。

正直、かなり驚きである。

やがてどこからか、景気のいい炸裂音《さくれつ》まで響いてくる。

「ほう、こいつは花火か？」

「妙ですね、今日は特に祭りなどなかったはずですが」

はてと首を傾《かし》げるテイルさん。

彼女に思い当たる節《ふし》がないとすると、いったい何なのだろうか？

人々がこんなに大騒ぎする理由がまったくわからない。

いや待てよ、もしかして……。

「……これはまさか」

「ん？　何か思い当たる節でもあるのか？」

「こんな騒ぎを起こすのは、ファム姉さんかあの人しかいないじゃないですか。きっと俺たちを追いかけてきたんですよ！」

俺がそう言うと、姉さんの顔色がみるみる悪くなった。

しかし、すぐに気を取り直して言う。

「待て待て、仮にあいつだとしてだ。何故ここに来る？　私たちがいることは知らないはずだろう？」

一瞬で治療していたのに
役立たずと追放された
天才治癒師、
闇ヒーラーとして楽しく生きる
1
十乃壱天
菱川さかく
キャラクター原案 だぶ竜
試し読み 14P

貧民街の奴なら
飯抜きにしようが
1人で野宿
させようが
文句は言わねぇ
危ない時には
身代わりにしても
心が痛まねぇ程度の
もんだ
居場所なんて
最初からなかった
1

——というわけで
お前は用済みだ
キン
コロ…
…これは？
見たことねぇだろうが そりゃ金貨だ
お前みたいな貧民が 一生かかっても 手にできねぇような 報酬だ
いいか？
貧民風情《ふぜい》が 俺らのパーティに いたなんてこと
誰にも 言うんじゃねぇぞ
慰労金《いろうきん》ではなく 口止め料という訳か
……わかった
そこまで 言うなら
パーティを 抜けるよ
誰のおかげで 今パーティの 地位があるか
メンバー達は 少しも理解して いない

「昔から、道に迷うのに何故か必ず追いついて来たじゃないですか」

「…………言われてみればそうだな。何故か目的地に先回りしてることもあった」

「ちょっとちょっと、さっきから誰《だれ》の話をしてるのさ？」

困った顔をしている俺たち二人に、クルタさんが割って入ってきた。

俺はふうっと息を吐くと、重々しくその名を告げる。

「エクレシア姉さんですよ。たぶん、この様子だと素性《すじょう》が漏《も》れたんじゃないかな？」

「え？　でもそれなら、今ごろはラージャに向かってるんじゃないの？」

「……姉さんは、すごい方向音痴なんです。でも、きちんと目的地にはたどり着くんですよ」

「ああ。家族で出かけると、だいたいはぐれるが必ず戻ってくるのだ」

「……何か、動物的な帰巣《きそう》本能でもあるのかな？」

クルタさんの問いかけに、ライザ姉さんは深く頷いた。

いや、呆《あき》れた顔をしてるけどライザ姉さんもそういうとこあるからね？

むしろ、エクレシア姉さんよりもよっぽど野生の勘で生きてるような気がするんだけど。

「む、今何か失礼なことを思わなかったか？」

「そ、そんなことないよ」

「まあいい、とにかくさっさと逃げるぞ。エクレシアに見つかると厄介だ」

「そうですね、早く行きま――」

「みつけた」

ひどく平坦《へいたん》で涼やかながら、どこか情念のこもった声が響く。

げげげっ⁉

その声がした方を見やると、そこには何故かみこしに乗ったエクレシア姉さんがいた。

いったい何がどうしてこうなったのか？

いろいろと突っ込みたくなるが、ここはひとまず逃げなくてはならない。

エクレシア姉さんにつかまると、いろいろと厄介すぎるんだよな！

二人で絵の特訓をした時など、夢中になるあまり食事すらとらせてもらえなかったし。

「ライザ姉さん！」

「ああ、わかっている！　皆行くぞ、今まで世話になった！」

「うおっ⁉　いきなり押すなって！」

「わわわ、引っ張らないでよ！」

皆を引っ張って、無理にでも進もうとする俺とライザ姉さん。

しかしここで、エクレシア姉さんがマジックバッグから何かを取り出す。

「ここは通行止め、通さない」

「ぐっ⁉」

「しまっ……！　見ちゃった……！」

姉さんが取り出したのは、両手を広げて立つ逞《たくま》しい男の絵であった。

それが掲げられた途端、俺たちの背中に悪寒《おかん》が走る。

……まずい、感覚を囚《とら》われた！

それと同時に、前に向かって足を踏み出せなくなってしまう。

「な、なにこれ⁉　なんで進めないのさ⁉」

「これは幻術……いえ、魔力を感じない……！」

「おいおい、どうなっちまってるんだ⁉」

突然のことに、パニックを起こすクルタさんたち。

俺はどうにか彼女たちに視線を向けると、悔しげに告げる。

「あの絵のせいです！　あれに心を支配されちゃってるんですよ！」

「そんなことあり得るの⁉」

クルタさんが思わず突っ込むが、俺だって原理はよくわかっていない。

わからないが、とにかく姉さんの産み出す作品は人を操《あやつ》ってしまう力を有している。

芸術は魔性のものだが、姉さんのそれはまさしく魔法のような代物なのだ。

しかしここで、少し予想外の出来事が起こる。

「おおお‼　エクレシア先生の新作だ‼」

「すごい！　なんてすばらしいの⁉」

「これは、幻想派の技法が……」

「ああ、生きててよかった!」

流石は芸術の都の住民たちというべきか。

あっという間に、姉さんの絵を囲んで人だかりができてしまった。

後ろから回り込む分には、何の障害もなく近づくことができたようである。

たちまち姉さんの乗ったみこしは群衆に囲まれ、絵も全く見えなくなってしまった。

こうなってしまっては、流石の絵も効果を発揮しようがない。

「今のうちに逃げますよ!!」

「ああ、急げ!!」

俺たちは、エクレシア姉さんの脇《わき》をすり抜けエルマールの街を出ようとした。

しかしここで――。

「ちょっと待ってくれ!! 俺はまだ動けない!!」

背の高さが災いして、俺たちより少しだけ長く絵が見えていたらしいロウガさん。

彼がすっかり逃げ遅れてしまうのだった――。

閑話

芸術の都の大騒動

時を遡《さかのぼ》ること、およそ一日前。

ジークたちが漁師と共にラミア湖に出ていた頃、エクレシアはようやくエルマールの街に到着した。

雪山の村から馬車で揺られること半日以上。

普段はあまり外出しないこともあって、既にお尻《しり》が痛くなってしまっていた。

「……街が死んでる。前に来た時は、元気だったのに」

街を見渡しながら、不思議そうな顔をするエクレシア。

既に日も高いというのに、ほとんど人気《ひとけ》のない大通り。

田舎《いなか》ならまだしも、エルマールのような大都市ではあまりに不自然だった。

実際、数年前にエクレシアが訪れた際はもっと活気に満ちていた。

通りでは露店が通行人を相手に競い合い、広場では大道芸人たちが華麗な技を披露する。

エルマールはそんな街だったのである。

「やっと着いた……」

「ねえ、ここで何か起きたの？」

やがてエクレシアは、たまたま通りがかった男に声を掛けた。

買い物の途中だったらしい男は、見慣れない少女からの問いに肩をすくめる。

「お嬢ちゃん、観光に来たのかい？」

「そんなところ」

「だったら災難だね。一年ぐらい前から急に税の取り立てが厳しくなって、今じゃこの有様《ありさま》さ」

「何か災害でもあったの？」

「特に何も。……噂《うわさ》じゃ、領主様が自分の若さを保つために散財してるって話さ」

男はエクレシアに顔を寄せると、声を潜めてそう言った。

それを聞いたエクレシアは、ヴァルデマール家の城を見て顔を曇らせる。

実は彼女、以前に一度レオニーダとは会ったことがあった。

その時は、そこまで無茶をする人物には見えなかったのだが……。

この数年の間に、何かが起きてしまったらしい。

「まあ、あくまで噂だけどな。それじゃいろいろ説明もつかないことが多いし」

「どういうこと？」

「いくら何でも高すぎるんだよ。戦争でもするのかってぐらいの重税なんだ」

「なるほど」

そう言うと、エクレシアはますます渋い表情をした。

彼女は改めて街を見渡すと、ふうっと深いため息をつく。

芸術の都エルマール。

かつては大陸中の芸術家が憧《あこが》れていたこの街に、エクレシアもいくらかの思い入れがあった。

「……でも、今はそれよりもノア優先。おじさん、ここからラージャまではどう行けばいい？」

「ラージャ？　えーっとそうだね、確か西通りから定期馬車が出てたはずだ」

「ありがとう」

礼を言って、そのまま男と別れようとしたエクレシア。

しかしここで、男がふとあることを呟《つぶや》いた。

「しかし、またラージャか。珍しいな」

「え？　もしかして、誰《だれ》かラージャから来たの？」

「ああ、何日か前にね。この街に冒険者が来るのはあんまりないから、よく覚えてるよ」

「……‼　その冒険者、栗色の髪の男の子だった？」

「そうだねえ、そんな子もいたかな……」

自信はあまりなさそうであったが、男はエクレシアの言葉をおおむね肯定した。

たちまち、エクレシアの眼の色が変わる。

にわかに猛獣のような気を帯びた彼女に、たまらず男の表情が強張《こわば》った。

「な、なんかその子とあったのかい？」

「私の弟。ちょっと前に家出した」

「ああ、そうだったのかい。そりゃ心配だね」

「何としても見つけたい。まだ、この街にいる？」

「うーん……」

切実な問いかけであったが、男は冒険者たちの行方《ゆくえ》など知らなかった。

街でたまたま、話しているところを見かけただけなのである。

するとエクレシアは、困った顔をする彼に尋ねる。

「わかった。それなら、知ってそうな人を知らない？」

「うーん、それもなぁ……。ギルドの人なら何か知ってるかもしれないが……」

「そう。ならいい」

「ああ、ちょっと待ってくれ。名前を教えてくれないか？」

別れようとしたところで、男が再び問いかけた。

エクレシアが小首を傾《かし》げると、彼はすぐに理由を説明する。

「こっちでも探してみようと思って。連絡するとき、名前を知らないと不便だろう？」

「ありがとう、助かる」

そう言うと、エクレシアはしばし逡巡《しゅんじゅん》した。

ここで本名を名乗るといろいろめんどくさそうではある。

しかし、街の人々が積極的に協力してくれる可能性も高かった。

何といっても、ここは芸術の都エルマール。

希代《きたい》の芸術家である彼女は、それなりに優遇されうる立場にあった。

「……エクレシア」

悩んだ末に、エクレシアは正直に名前を告げた。

すると男は、彼女が予想していた以上の反応を見せる。

「エクレシア？　ちょっと待ってくれ、あのエクレシアなのかい？」

「たぶん、あのエクレシア」

「嘘《うそ》だろう……」

「これが証拠」

エクレシアはマジックバッグの中から一枚の絵を取り出した。

以前に手掛けた習作の一つである。

エクレシア自身からすると、さほど時間をかけていない手慰み程度のものなのであるが……。

男の眼を奪い、彼女を本物だと信じ込ませるには十分であった。

いや、ある意味で十分すぎた。

男はそれを手にすると、何かにとりつかれたように見入ってしまう。

「こ、これは……！　ラフスケッチだというのに、ずっしりとした迫力がある！　それに何だ、この溢《あふ》れ出すような生命力は！　まるでこの眼に何かがぶつかってきているような……」

火が付いたように、早口で延々と語り出した男。

やがて彼は、絵を頭上に掲げてくるくると回り始める。

その足取りは軽く、さながら雲の上で踊っているかのよう。

弾《はず》む身体は、全身で喜びを表現していた。

「おおーい!!　みんな、大変だ!!」

やがて男は、大声を上げて街の人々を呼び始めた。

その騒ぎっぷりに、次第にちらほらと人が通りに姿を現す。

そして――。

「な、なんと!?　エクレシア様が来られた!?」

「すごい！　この状況で奇跡だ!!」

瞬く間に伝播《でんぱ》していく騒動。

それはエクレシア自身の予想をもはるかに上回っていた。

まさかここまで街の人々が熱狂するとは、思いもよらなかったのである。

作品を見せたことが完全に仇《あだ》となっていた。

しかし、その波はもはや彼女自身にも止められない。

「エクレシア様、こちらへ！」

「……おみこし？」

やがて、わけもわからずみこしに乗せられたエクレシア。

こうして彼女は、行列を率いて街を練り歩くはめになったのであった。

第五話

絵と陰謀

「すまん、俺《おれ》のせいだ」

俺たちに向かって、深々と頭を下げるロウガさん。

結局、エクレシア姉さんから逃げることはできなかった。

ロウガさんが動けなくなっている間に、回り込まれてしまったのである。

さらに街の人々のほとんどが姉さんに協力的であったため、俺たちに逃げ場はなかった。

「まったく、困ったものです」

「仕方ないですよ、そんなに気にしないでください」

「……エクレシアとは、いずれ話さねばならなかっただろうしな」

ライザ姉さんがそう言ったところで、エクレシア姉さんが近づいて来た。

彼女は俺の顔を見据えると、無表情のままに告げる。

「ノア、冒険はおしまい。もうおうちに帰る」

「……それはできないよ。俺は、ラージャの街に残りたいんだ」

「どうして？　家に帰ってくれれば、安全なはず」

「みんなを置いて、俺だけ戻れませんよ。それに……」

俺はそう言うと、あえて一拍の間を置いた。

そしてこれまでの冒険を思い浮かべながら、しみじみと語る。

「家を出てから、本当にいろいろなことがあったんだ。それで俺、まだまだ自分が未熟だって思い知って。もっともっと、外の世界で成長したいんだ」

「あの家でも、まだ学べることはあるはず」

「それはわかってるよ。でも、外じゃないと学べないこともあるんだ」

俺がそう強く言い切ると、エクレシア姉さんの顔つきが変わった。

いつも気だるげで無表情な姉さんから、はっきりと怒りが感じられる。

……これは、ちょっとヤバいかもしれない。

小刻みに震える肩を見て、俺は少し怖くなった。

エクレシア姉さんがここまで感情を出すことは、かなり珍しい。

少なくとも、ここ数年はなかったことだろう。

「……だったら、条件がある」

「え？」

「エクレシアも、他のみんなと同じように条件を出す。これをクリアできたら、冒険を続けてもいい」

「……わかった。受けて立つよ」

どんな条件かはわからないが、断るわけにはいかなかった。

今まで、ライザ姉さんとの勝負をはじめとして無理難題を乗り越えてきたのである。

ここで引くわけにはいかない、俺にだってプライドがある。

こうして俺の意志を確認したエクレシア姉さんは、周囲のギャラリーたちを見渡して言う。

「じゃあ、私と絵で勝負して。審判はこの街の人たち」

「いっ!?」

俺は思わず、素《す》っ頓狂《とんきょう》な声を上げた。

万能の天才とも称されるエクレシア姉さんであるが、一番得意とするのは絵画である。

俺も姉さんの手ほどきを受けているので、ある程度は描ける。

けれど、いくら何でもエクレシア姉さんには及《およ》ばない。

ギリギリお金を取れるとかそのレベルの話だ。

「そんなの、いくらなんでも無理ですよ！」

「条件を飲まないなら、私と帰ってもらう」

「そんな横暴な……」

「まあ、致し方あるまい。私にだって勝ったのだ、エクレシアにも勝てるだろう？」

そう言って、俺の肩をポンポンと叩《たた》くライザ姉さん。

彼女に続いて、クルタさんたちもまああと声を掛けてくる。

「ここはもう、やるしかないいんじゃないかな？」

「そうだぜ、今までだって乗り越えてきただろう？」

「まあ、ジークですからね。大丈夫ですよ」

最後のニノさんの言葉は、果たして励ましの言葉だったのだろうか？

一瞬そんなことを思ってしまったが、俺はすぐに振り払った。

……そうだ、俺はライザ姉さんとの勝負にだって勝ったのだ。

シエル姉さんとの勝負にも勝ったし、ファム姉さんの試練も乗り越えた。

アエリア姉さんにだって認められている。

エクレシア姉さんとの勝負にだって、勝てない道理はないはずだ！

「……わかりました。その条件でいいですよ」

「二言《にごん》はない？」

「ええ。今度こそ何も言いません」

俺は堂々と胸を張ってそう言いきった。

それを聞いたエクレシア姉さんは満足げに笑みを浮かべる。

たちまち、周囲のギャラリーたちも歓声を上げた。

きっとみんな、エクレシア姉さんが新作を描くということで喜んでいるのだろう。

芸術の都と言えども、姉さんの作品はそうそう見られるものではない。

「こりゃあすごい、見ものだぞ‼」

「エクレシア様の新作だ‼」

「あの男の子も、エクレシア様と勝負するんだろ？　きっとすごいに違いない‼」

次第に熱を帯びていくギャラリーたち。

やがてエクレシア姉さんはサッと手を上げると、軽く咳払《せきばら》いをして彼らを制した。

そして静かになったところで、淡々とした口調で告げる。

「なら、三日後の正午にこの場所で。仕上げてくる絵の大きさや題材は問わない」

「わかりました」

「ん、じゃあ私は行く」

そう言って、エクレシア姉さんはその場から歩き去っていった。

彼女の後に続いて、ぞろぞろとギャラリーたちも去っていく。

うーん、エクレシア姉さんがちゃんと宿に泊まれるかちょっと不安だけど……。

この分なら、誰《だれ》かが何とかしてくれそうだな。

この街での生活については、きっと心配いらないだろう。

「さて……どうしたものか……」

「ひとまず、題材を探しに行くべきじゃない？」

「そうだな。着想が良ければ渡り合えるかもしれねえ」

割と現実的なアドバイスを投げてくれるクルタさんたち。

確かに、エクレシア姉さんに勝てるかもしれない点といったらそこぐらいだろう。

うーん、絵の題材か……。

これは美術品をたくさん所蔵しているであろう、レオニーダさんに相談すべきかもしれない。

あの宝物庫にある絵をいくつか見せてもらうだけでも、参考になりそうだ。

「さっき出たばかりですけど、いったん城に戻りますか」

こうして俺たちは、ヴァルデマール家の城に戻ろうとした。

しかし、城門の前にたどり着くと――。

「あれ、誰もいない？　というか、封鎖されてる？」

先ほどまで開け放たれていた巨大な城門が、固く閉ざされていたのであった。


――○●○――


「申し訳ありませんが、誰も中に入れるなとの仰《おお》せでして……」

城門の前で立ち往生していると、脇《わき》の詰所から門番たちが出てきた。

俺はすぐさま彼らに事情を尋ねるが、何も知らないの一点張り。

その焦燥ぶりから、どうやら本当に事情を知らされていないようである。

「……仕方ないな、ここは退くしかなさそうだ」

「そうですね。お騒がせしてすいませんでした」

「いえいえ。我々としても、急な命令でしたので戸惑っているぐらいで」

「そう言ってもらえると助かります」

「では、お気をつけて」

こうして俺たちは、ひとまずヴァルデマール家の城を後にした。

名残惜《なごりお》しいが、これ以上粘るのも衛兵さんたちに迷惑をかけてしまう。

城に入れてもらえないのであれば、どうしようもない。

「こうなったら、他の場所で題材を探そう。そうだな、やはり湖畔《こはん》などいいのではないか？」

そう言うと、ライザ姉さんは遥《はる》か彼方《かなた》に見える湖面を指さした。

確かに、大陸でも有数のリゾート地なだけあって実に見事な光景である。

あれを題材とすれば、傑作が描けることは間違いないだろう。

「うーん、でもちょっとありきたりじゃない？」

「お姉さまの言う通りです。もうちょっと捻《ひね》った方がいいのでは？」

「そうか？　私は良いと思うのだがな」

ライザ姉さんの提案に、クルタさんとニノさんが異を唱えた。

彼女たちの言うことにも、一理ある。

審査するのはこの街の人々であるし、湖の絵など飽きるほどに見ていそうだ。

それに、エクレシア姉さんも題材として選ぶ可能性が高いだろう。

もし被《かぶ》ってしまったら、勝負はかなり絶望的だ。

「だったら、こういうのはどうだ？」

「お？　なんです？」

「美人画だよ。最高に美人で色っぽい姉ちゃんを探してだな……」

――パシンッ!!

ロウガさんの背中に、ニノさん渾身《こんしん》のツッコミが炸裂《さくれつ》した。

うわー、けっこう痛そうだな……。

響き渡った快音に、俺は思わず目を見開く。

「イタタッ!!　いま、結構本気だったろ!?」

「こんな大事な時に、ロウガが変なことを言うからです」

「俺は割とマジだぞ？　定番だろ、美人画って」

「思いっきり鼻の下が伸びてたけどねー」

クルタさんの言葉に、女性陣が揃《そろ》ってうんうんと頷《うなず》いた。

……しかし、アイデアとしてないわけではない。

ロウガさんの言う通り、絵画の題材としては決して悪くはないからだ。

古今東西、美女を描いた絵は無数にある。

「うーん、どうしようかな……」

期限は今日を除いてあと三日。

製作時間を考えると、題材探しにあまり時間を使ってもいられない。

できれば明日ぐらいには決めてしまわないと、いろいろと厳しいだろう。

するとここで、ニノさんがハッとしたように言う。

「そうだ、ロウガのことで思い出しましたけど。人魚さんなんてどうでしょう？」

「む、いいのではないか？　絵の題材にはぴったりかもしれん」

「おお、いい！　いいですよそれ！」

思わず、俺は手を叩いた。

まさしく僥倖《ぎょうこう》とも思えるアイディアだった。

見る者を魅了する美しい種族である彼女たちは、絵の題材としてこれ以上ないものだろう。

それに、人魚さんと知り合いではないエクレシア姉さんには描けない題材だ。

「決まりだな。よし、今からあの場所まで行くか」

「はい！」

こうして俺たちは、再び人魚さんに会うべく桟橋へと急ぐのであった。

○●○

ジークたちが絵の題材を求めて、人魚のいる場所へと向かっていた頃。
レオニーダは城の一階にあるワインセラーを訪れていた。
彼女は杖《つえ》を手にすると、セラーの奥の壁をカッカッと叩く。
するとたちまち、壁を構成するレンガが滑らかな音を立てて移動していく。
やがてぽっかりと、黒い洞穴《ほらあな》のような隠し通路が現れた。
「……ふふふ」
レオニーダの口から、魔女を思わせるような不気味な笑いが漏《も》れた。
愉悦に歪《ゆが》むその眼からは、悍《おぞ》ましい狂気が感じられる。
彼女はそのまま闇《やみ》の中へと飛び込むと、小躍りするような足取りで奥へと向かった。
そうして進むこと数分。
湿気と静寂に満ちた通路の先に、小さな石室が現れる。
床に描かれた魔法陣によって、青白く照らし出された小空間。
大人が十人も入れば一杯になるようなそこには、黒い棺《ひつぎ》が置かれていた。
さらにその周囲には、人間大ほどの巨大な水晶の柱。

その中では、魔力の光が怪しく揺らめいている。

「今日は、いい知らせを持ってきたわ」

レオニーダは静かに膝《ひざ》をつくと、棺の蓋《ふた》に顔を寄せた。

そして、甘くとろけるように囁《ささや》く。

「涙は手に入らなかったけれど、代わりに予想外の情報が手に入った。あと少しよ」

そのまましばらく、うわごとのように語り続けるレオニーダ。

そうしていると、通路の奥から足音が響いてきた。

彼女が急いで振り返ると、そこには仮面をかぶったテイルが立っていた。

「レオニーダ様、ここにおられたのですか。ここは寒いですので、お体に……」

そう言って、テイルは石室の中へと足を踏み入れようとした。

だがここで、レオニーダが鋭い声を上げる。

「入るな、汚らわしい!!」

「……ッ！　申し訳ありません」

慌てて身を引くテイル。

レオニーダはふうっと大きなため息をつくと、髪を振り乱して彼女に接近していく。

「ここは私たちの聖域なの。あなたにも教えたでしょう？」

「誠に、申し訳ございませんでした」

「……ふん、まあいいわ」

そう告げると、レオニーダは不意にテイルの仮面に手を掛けた。

突然の行動にテイルは驚き、思わずレオニーダの手を摑《つか》みそうになる。

「レオニーダ様⁉　何をなさるつもりなのです⁉」

「久しぶりに顔が見たくなったわ。いいでしょう？」

「ですが……」

「いいから、外しなさい！」

声を荒らげるレオニーダ。

その勢いに屈服するように、テイルはゆっくりと仮面を外していく。

やがて現れた少女の顔は、レオニーダとどこか重なるものがあった。

全体として造りが小さく整っていて、控えめながらも美しい。

それはさながら、山間に咲く一輪の花のようだ。

レオニーダから失われた若さと清廉《せいれん》さが強く感じられる。

「ああ、その顔を見ると何とも言えない気持ちになる。愛情、憎悪、嫉妬《しっと》……」

テイルの顔を凝視しながら、ぶつぶつとつぶやき続けるレオニーダ。

そうしてしばし物思いにふけった彼女は、やがて吹っ切れたように告げる。

「もう仮面を着けて」

「……はい」

「準備を整えたら、出かけましょう。満月は何日後だった？」

「二日後の夜です」

テイルの返答に、満足げに頷くレオニーダ。

彼女の黒い思惑が、今動き出そうとしていた……。


——○●○——


「さて、この辺りですね」

数時間後。

俺たちは漁師さんからこの前よりもいくらか大きな船を借りて、サマンさんと出会った入り江へとやってきた。

魔法を使っていないため到着にはいくらか時間がかかったが、その分だけ快適だった。

この間は、早かったけれどちょっと酔いそうになったからなぁ。

加えて、この船の大きさならばサマンさんを乗せることもできるだろう。

絵を描くに当たって、ずーっと水に浮かんでいてもらうのも申し訳ないし。

「本当に来るかな？」

「近くに気配はしませんね」

そう言って、湖面を見渡すニノさん。

俺も魔力探査をしてみるが、周囲にそれらしき魔力は感じられなかった。

湖面を覗《のぞ》き込んでも、仄暗《ほのぐら》い湖水を魚が泳ぐばかりである。

どうやらサマンさんは、湖底の方にいるようである。

「とりあえず、貝を鳴らしてみましょうか」

ここであれこれと議論をしていても仕方がない。

俺はマジックバッグから貝を取り出すと、それを大きく振ってみた。

するとたちまち、キィンッと硬質で澄み切った音が響く。

それと同時に、微《かす》かな光を放つ粒子が波紋のように広がっていった。

「綺麗《きれい》だねえ！」

「すげえな、人魚の魔法か？」

「心が洗われるようだな……」

美しい光景に、思わず目を奪われてしまう俺たち。

そうしていると、やがて湖底からぷくぷくと泡が浮いて来た。

——ザブンッ!!

湖面を豪快に割って、サマンさんが空高く跳ね上がる。

尾びれが美しい半円を描き、飛沫《しぶき》が輝いた。

「おお……‼」

「こんにちは！、人間さん！」

俺たちに近づいてくると、サマンさんはぺこりと頭を下げた。

そして船の上を見渡したのち、おやっと首を傾《かし》げる。

どうやら、先日と同じメンバーであることに気付いたらしい。

「領主様はいらっしゃらないんですか？」

「ああ。ちょっといろいろあってな」

「人魚の涙については、素直に諦《あきら》めてくれたみたいです」

そう言うと、サマンさんはほっと胸を撫《な》で下ろした。

彼女としても、いろいろと心配してくれていたようである。

俺はそんなサマンさんに、いささか申し訳なさを感じつつも頼む。

「今日、来てもらったのはですね。実はその、絵のモデルになってほしくて」

「私がですか？」

「はい、サマンさん以外には頼めません！」

俺がそう言うと、彼女は眼をぱちぱちとさせた。

そして、意外そうな顔をして尋ねてくる。

「いいんですか、私なんかで。人を惑わす亜人ですよ？」

「サマンさんが悪い亜人じゃないことは、わかってますから」

俺がそう言って笑うと、どうしたことだろうか。

サマンさんは石化したように動きを止めてしまった。

心なしか、白い頬《ほお》に赤みがさしているような気がする。

何だろう、気に障るようなことでも言ったかな？

「……ジークってさ、無自覚に女の子のツボを衝《つ》くよね」

「え？」

「ほんと、羨《うらや》ましいもんだ。俺もこういう才能があったら苦労しねえんだがなぁ……」

「ロウガの場合は、美人局《つつもたせ》にうまく騙《だま》されそうですけどね」

「失礼だな、昔から女を見る目は確かだよ！」

ああだこうだと騒ぎ始めるロウガさんたち。

そうしていると、何やらムッとした表情の姉さんが前に出てくる。

彼女は俺の肩にポンと手を置くと、いやに迫力のある顔で迫ってきた。

「……言っておくが、交際相手を気軽に増やすことは感心せんぞ」

「いや、そんなつもりはないですよ！　というか、何を言ってるんですか⁉」

「ならよろしい」

そう言って、姉さんは引っ込んでいった。

……やけにいい笑顔をしていたのが、逆に気にかかる。

ほんと、俺は変なこととか何も考えてないんだけどなぁ……。

「あっ！　ごめんごめん、上がって！」

皆で盛り上がっているうちに、すっかり手持《ても》ち無沙汰《ぶさた》になってしまっていたサマンさん。

完全に輪から外れてしまっていた彼女に、俺は慌てて声を掛けた。

サマンさんは俺の手を握ると、そのまま船に乗り込む。

……こうしてみると、やっぱり人魚といっても女の子なんだなぁ。

握った手は柔らかく、女性らしいぬくもりを感じた。

「……綺麗」

「水から出ると、光り方がまるで違うな」

船に上がったサマンさんの姿を見て、俺たちは思わず息を呑《の》んだ。

日差《ひざ》しに照らされ、燦々《さんさん》と輝く鱗《うろこ》。

薄い青色をベースに七色に輝くそれは、宝石を薄く切り出したかのよう。

人間としての部分もさることながら、魚としての部分もこの上なく美しかった。

こりゃ、彼女たちに惚《ほ》れた者同士で争いが起きるわけだ。

「よろしくお願いします！」

「こちらこそ、よろしくお願いします」

俺は少し緊張しながらも、深々と頭を下げた。

そしていよいよ作業を始めようとしたものの、無意識のうちに手が止まる。

果たして、この美しさを俺はきちんと絵にできるのか。

あまりにも素晴らしい題材を前に、微かに畏れるような気持ちが生じた。

マジックボックスの中からキャンバスと絵筆を取り出すものの、指先が震えてしまう。

「あっ！」

絵筆が震え、絵の具が散ってしまった。

まずいな、緊張しすぎだ。

俺は深呼吸をして気分を落ち着けようとするが、なかなかどうしてうまくいかない。

こういうのは、いったん意識してしまうと難しいものなのだ。

「……わっ！」

「いっ⁉」

いきなり、クルタさんが大きな声を上げた。

俺が驚いて倒れそうになると、彼女は笑いながら言う。

「緊張はほぐれた？」

「びっくりしましたよ」

「まあ、気楽にいこうよ。もし負けちゃっても、みんなで逃げればいいじゃない」

クルタさんに同調するように、皆が頷いた。

そう言われると、少しだけ気持ちが楽になる。

ここでさらに、姉さんが腕組みをして何やらもったいぶって言う。

「……芸術は気合いらしいからな、とにかく頑張れ！」

「姉さん、それを言うなら芸術は気持ちですよ。だいたいその言葉って、エクレシア姉さんの言ってたことですけど」

「む、そうだったか」

ポンッと手を打つライザ姉さん。

ちょっと抜けていたが、姉さんなりの励ましに自然と笑みがこぼれてくる。

そうだ、芸術は気持ち。

暗い気分で書いたら、そのまま暗いものが仕上がってしまう。

「……やりますか！」

こうして、改めて絵筆を握り直す俺。

エクレシア姉さんをあっと言わせるための絵の製作が、いよいよ始まった。


――○●○――

「今日もよろしくお願いします！」

絵を描き始めてから、今日でちょうど三日目。

再びサマンさんの元を訪れた俺は、キャンバスを片手にお辞儀をした。

絵の完成度は、現在までに七割といったところ。

輪郭はしっかりとできているが、まだ仕上げが残っている状態だった。

「えっと、ポーズはこうでしたっけ？」

「そうです、もうちょっとだけ顔を上げてもらえますか？」

「こうですか？」

俺の言葉に合わせて、顔を上に向けるサマンさん。

同じポーズを取り続けるというのは、簡単なように見えて意外と大変なのだろう。

俺が夢中になって絵筆を走らせていると、次第にその身体がプルプルと震えはじめる。

「あの、ちょっと休憩していいですか？」

「ああ、すいません！　気が付かなくって」

俺がそう言うと、サマンさんは船の上でゴロンッと横になった。

彼女はそのままうつぶせになると、目を細めて何とも気持ちよさそうな顔をする。

さながら、ビーチで日光浴でもしているかのようだ。

その様子を見ていると、こちらまで何だか和《なご》んでしまう。

「こうしてみると、人魚も人間も案外変わらねえなぁ」

「ああ、恐ろしい噂《うわさ》や伝説など嘘《うそ》のようだ」

ふわんとした姿をさらすサマンさんを見ながら、語り合うロウガさんと姉さん。

昼下がりの穏やかなひと時に、自然と皆の表情が緩《ゆる》んだ。

やがて姉さんが、懐《ふところ》からおやつ代わりの飴《あめ》玉をいくつか取り出す。

「サマンも食べるか?」

「何ですか、これは。綺麗な……石?」

「む、人魚の世界に飴はないのか」

「湖の底に住んでますから、雨は降らないです」

「そうではなくてな」

説明するのが面倒になったのか、姉さんは実際に飴玉を一つ食べてみせた。

そして満足げな顔をすると、サマンさんに向かって差し出す。

「ほれ、うまいぞ」

サマンさんは差し出された飴玉をつまむと、おっかなびっくりといった様子ながらも口に放り込んだ。

するとたちまち、驚いたように大きく目を見開く。

「甘いです!!　ティカの実の十倍ぐらい甘いのです!!」

「ははは、大した喜びようだな。ついでにこれも食うか？」

大喜びするサマンさんに、今度はロウガさんがサンドイッチを差し出した。

小腹が空いたときのために、昼飯を少し残しておいたらしい。

サマンさんは見慣れない食べ物に少し戸惑いながらも、ゆっくりと口へ運ぶ。

「んーー!!　おいしいです!!」

サンドイッチをかじって、これまた満面の笑みを浮かべるサマンさん。

人間の世界の食べ物が、なかなかどうして口に合うようである。

俺たち人間と人魚とは、いろいろと共通している点が多いらしい。

上半身が人間なので、ある意味で当然と言えば当然なのかもしれないが。

「なら、これもどうですか？」

「ください！」

「あっ！」

俺たちが止める間もなく、サマンさんはニノさんが手にした黒いなにかを口に放り込んだ。

あれって確か、ニノさんが作った保存食だったはず。

ニノさんの料理って、例外なく個性あふれる味付けだったはずだけど……大丈夫かな？

俺たちが心配していると、サマンさんの身体がぶるぶるっと震えて――。

「んきゅぅ……」

「サマンさん!?」

青い顔をして、そのまま倒れ込んでしまったサマンさん。

俺は慌ててその身体を抱きかかえるのだった。


―――○●○―――


「……もう、変なもの食べさせちゃ駄目だよ！」

「すいません、お姉さま。でも、健康にはすごくいいんですよ」

「いや、健康にいいものなら食べても倒れないよ」

全くの正論だった。

クルタさんに容赦なく突っ込まれ、ニノさんは少ししょんぼりとする。

そうしていると、すっかり元気を取り戻したサマンさんが彼女を庇《かば》った。

「だ、大丈夫ですよ！　ちょっとびっくりしちゃっただけなので！」

そう言うと、サマンさんは自らの健在ぶりをアピールするようにポージングをした。

まったく、健気《けなげ》で本当にいい子である。

ニノさんも反省しているようだし、ひとまずこの話はここまでにするか。

「じゃあ、休憩はここまでにしましょうか」

「はい！」

こうして俺は再び絵筆を手にすると、作業を再開する。

勝負はいよいよ明日、何が何でも今日中に完成させなければならない。

自然と手に力がこもり、筆の勢いが増していく。

その様子はさながら、キャンバスの上を筆先が疾走しているかのようだった。

「よし！　できた‼」

やがて日も傾いてきたところで、ようやく絵が完成した。

エクレシア姉さんに勝てるかはわからないが、今の俺の全力をぶつけた作品である。

これで及ばなかったら、素直に諦めがつく。

それぐらいには力を注《そそ》いだ代物だ。

「おおお……‼　これはすごいんじゃないか⁉」

「うむ、なかなか迫力のある絵じゃないか！」

「このサマンさん、生きてるみたいですね」

仕上がった絵を見て、クルタさんたちは口々に褒めてくれた。

これなら、もしかするとエクレシア姉さんに勝てるかもしれない。

何だかそんな希望が見える反応だ。

「では、そろそろ帰りますか。サマンさん、ありがとうございました！」

「こちらこそ！　また、遊びに来てください！」

「はい！　ぜひ！」

こうして俺たちは絵をマジックバッグにしまうと、サマンさんと別れて街に戻ろうとした。

だがここで、どこかからドォンと身体全体を揺さぶるような爆音が聞こえてくる。

湖に波紋が立ち、水鳥たちが一斉に飛び上がった。

「なんだ？　雷か？」

「でも、天気は晴れてるよ？」

「あちらの方角から聞こえました。……あれは？」

スウッと目を細め、怪訝《けげん》な顔をするニノさん。

その視線の先には、大きな黒い影が浮いていた。

あれはもしかして、船か？

ここからではよくわからないが、漁船にしてはずいぶんと大きい。

頑張れば五十人ぐらいは乗り込めそうな感じだ。

「何ですかね？」

「さあなぁ。あんた、わかるか？」

「いや、俺も初めて見る」

ロウガさんから話を振られた漁師さんは、困ったように首を横に振った。
するとここで、またしても爆音が響いてくる。
さらに今度は、湖面を走る稲光のようなものが見えた。
それも、あの船の突端から発生している。
「あの場所、封印の地です‼」
「えっ⁉」
思いもしなかったことを口走るサマンさん。
言われてみれば、影が浮いているのはちょうど湖の中心付近。
例の岩場の辺りだ。
こりゃ、いよいよまずいことになってきたんじゃないか……？
予想していなかった展開に、俺は思わず冷や汗をかくのだった。

第六話
復活の大悪魔
「まさか、封印を解こうとしてるのか？」

彼方《かなた》に浮かぶ船を見ながら、冷や汗を流すロウガさん。

そう言っている間にも、三度、爆音が響いた。

船から岩場に向かって閃光《せんこう》が迸《ほとばし》るのが見える。

薄暮《はくぼ》の空を切り裂く青白い光に、俺《おれ》たちはたまらず息を呑《の》んだ。

間違いない、どこの誰《だれ》だか知らないが結界を攻撃している‼

「まずいですよ！　大悪魔が目覚めたら、みんな殺されちゃいます‼」

「こりゃ、すぐ止めないと大変なことになりそうだね！」

「ああ！　ノア、船を出せるか？」

「任せてください！」

姉さんの問いかけに、俺はすぐさま頷《うなず》いた。

そして船縁《ふなべり》から身を乗り出すと、湖面に手をつけて魔力を練り始める。

たちまち水面が波立ち、こぽこぽと泡が浮かんできた。

魔力全開、乗り心地は度外視の最大出力だ。

するとここでサマンさんが、船から飛び降りて言う。

「私は族長に知らせてきます！　皆さん、どうかお気をつけて！」

「うん、そっちは任せたよ！」

「はい！」

大きくジャンプして勢いをつけると、そのまま一気に湖底まで潜っていくサマンさん。

俺も彼女に続くように、すぐさま魔法を発動する。

水面が大きく盛り上がり、船体がにわかに傾いた。

強烈な加速度が、たちまち俺たちに襲い掛かる。

「うおっ⁉」

「ちょっとロウガ、のしかからないでよー！」

「すまんすまん！」

「しっかりつかまってください！　飛ばしますから！」

波に乗せるような感覚で、そのまま勢いよく船を進める。

乗り心地はお世辞にも良いとは言い難《がた》いが、これが最速の方法だった。

大きな船体が豪快に風を切り、飛沫《しぶき》が頬《ほお》にかかる。

やがて正体不明だった船影が大きくなり、その全容が明らかとなる。

「でけぇ……！　完全に軍艦だな！」

「帆がないですね。代わりについてるのは、水車でしょうか？」

「外輪船というやつだな。前に、見せてもらったことがある」

巨大な船影を見ながら、渋い顔をするライザ姉さん。

いくら広いとはいえ、湖で運用するにはあまりにも大きな船だった。

ガレオン船からマストを取り払い、その両舷《りょうげん》に大きな水車を取り付けたようである。

しかもその艦首には、人が中に入れそうなほどの巨大な大砲が据え付けられている。

漁船などではなく、明らかな軍船《ぐんせん》だ。

「おーーい!!　何やってるんだ、やめろーー!!」

甲板で作業をしている男たちに向かって、俺は思いっきり声を張り上げた。

しかし、彼らは構うことなく作業を続ける。

やがて船楼から巨大なクリスタルを持ち出した彼らは、大砲の横の台座に据え付ける。

クリスタルの中で光が弾《はじ》け、砲身が唸《うな》りを上げ始めた。

まずい、また攻撃するつもりだ!!

「ちっ！　仕方がないな!!」

軽く舌打ちをすると、ライザ姉さんが一気に飛び上がった。

彼女はそのまま甲板に乗り込むと、光を放ち始めた大砲に斬《き》りかかった。

飛び散る火花、ザラリと響く摩擦音。

最後に剣を鞘《さや》に納める音が、キンッと小気味良く聞こえた。

それにやや遅れて、砲身に溜《た》まっていた魔力が解放される。

爆発《ばくはつ》が巻き起こり、炎が艦首を飲み込んだ。

この間、わずかに一秒ほど。

まさしく目にも止まらぬほどの早業《はやわざ》だ。

「う、嘘《うそ》だろ⁉」

「なんだ、見えなかったぞ！」

あまりに突然のことに、これまでこちらを無視していた男たちが戸惑いの声を上げた。

無理もない、ここまでの早業ができるのは姉さんぐらいである。

俺がやったら、たぶん二倍ぐらいは時間がかかってしまうだろう。

「と、とにかく消火だ！　急げ‼」

「いや、その前にあの女を何とかするんだ！」

「あんなのを止められるわけないだろ‼」

練度がさほど高くないのだろうか、混乱状態に陥《おちい》る男たち。

しかしここで、船楼の中から力強い声が凛《りん》と響いた。

「落ち着かぬか！　これだから傭兵《ようへい》どもは……」

やがて姿を現したのは、黒いドレスに身を包んだレオニーダさんとテイルさんであった。

……これはいったい、どういうことなのか？

どうして、ラミア湖を治めるヴァルデマール家が悪魔を復活させようとしている？

俺たちの頭の中に、たちまち無数の疑問が湧き上がる。

「レオニーダ殿！　これはいったいどういうことだ！」

俺たちを代表して、ライザ姉さんが声を上げた。

するとレオニーダさんは、扇で口元を押さえながら微笑《ほほえ》む。

その顔はとても穏やかであったが、瞳《ひとみ》の奥からただならぬ情念のようなものが感じられた。

「ふふふ、焦《あせ》らずともすぐにわかりますとも。……さあお前たち、夜が来るぞ!!」

手を高々と振り上げ、声を上げるレオニーダさん。

やがて太陽が沈み、入れ替わるようにして月が昇り始める。

それはさながら、女王の号令に天体までもが従っているかのようだった。

やがて青白い光に湖面が照らされ、岩場の周辺が淡く輝き始める。

「霧……？」

やがてどこからか霧が出てきた。

いつの間にか、視界はすっかり白に呑まれて隣の人の顔すらぼやけてしまう。

そして、先ほどの攻撃の影響だろうか？

時折、バチバチッと空中で火花が飛び散って景色が歪《ゆが》んだ。

もともとあった霧の結界が、攻撃によって一部破壊されてしまったようだ。

「何だか、嫌な予感がするな……」

「うん。この感じ、前に魔族を見た時に似てるかも……」

異様な気配を感じて、警戒を強めるロウガさんたち。

俺もまた、近くに巨大な何かを感じて武器を手にする。

すると――。

「いでよ！　大悪魔ベルゼブフォよ！　今こそ封印を破り、その姿を見せるのだ！」

そう言って、レオニーダさんは胸元《むなもと》から小さな石のようなものを取り出した。

その内側では怪しい光が蠢《うごめ》き、魔力の高まりが感じられる。

……あれは、魔石か？

それにしては大きさの割に魔力が強すぎる。

ひょっとして、魔石に無理やり魔力を注入して暴走させようとしているのだろうか？

だとしたら……!!

「危ないっ!!」

俺が叫ぶと同時に、放り投げられた魔石。

ゆったりと弧を描いたそれは、内に秘められていた膨大な魔力を一気に解放した。

迸る閃光、吹き抜ける風。

たちまち周囲に立ち込めていた霧が吹き飛び、そして――。

「グオアアアア!!!!」

恐ろしい叫びが、夜空に響き渡るのだった。


――○●○――


「うお……!!」

結界が砕け、光の粒となって四散した。

やがて咆哮《ほうこう》と共に姿を現したのは、見上げるような紫の巨体。

その大きさたるや、目の前の船が模型か何かに見えてしまうほどである。

さらにその眼は金色に輝き、口からは瘴気《しょうき》にも似たガスが漏《も》れていた。

流石《さすが》は大悪魔、恐ろしいながらもただならぬ貫禄がある。

「我を目覚めさせたのは、お前か?」

気だるげにガスを吐き出しながら、ベルゼブフォがレオニーダさんに問いかけた。

その声はひどく粘着質で、聞いているだけで全身を舐《な》めまわされるかのような不快感がある。

クルタさんやニノさんは思わず顔をしかめて耳を押さえた。

一方で、レオニーダさんは悪魔の言葉を無視して勇ましく号令をかける。
「今だ、船を回せ‼」
レオニーダさんの命令を受けて、船が勢いよく旋回した。
帆船にはできない、動力船ならではの機動性である。
それと同時に、砲門が開いて無数の砲身が姿を現した。
まさか、この悪魔を大砲で退治するつもりなのか？
俺がそう思ったのと同時に、レオニーダさんから再び指示が飛ぶ。
「放て‼」
響き渡る発砲音。
しかし大砲から放たれたのは、砲弾ではなく銛《もり》であった。
それぞれにワイヤーが結び付けられていて、動きを拘束できるようになっている。
――ザシュッ‼
銛がベルゼブフォの皮膚を貫き、体液が飛び散った。
その直後、ワイヤーが赤い光を帯び始める。
「これは……！」
ベルゼブフォの身体から、膨大な魔力が流れ出しているのが感じられた。
あの銛を使って、体内の魔力を直接吸い出しているようだ。

ベルゼブフォも銛を引き抜こうと抵抗するが、脱力してしまっているのかうまくいかない。

「ははは、素晴らしい！　流石、コンロンに大枚をはたいただけのことはある！」

「ちっ、聞きたくない連中の名前が出てきたな……」

露骨に顔を歪めるロウガさん。

コンロン商会といえば、大陸に深く根を張る闇《やみ》商人。

かつて相棒だったラーナさんを通じて、ロウガさんとは少なからぬ因縁がある。

……もしかして、重税が課されていたのって武具を購入するための資金だったのか？

この船にしても、このために準備していたものかもしれない。

ふとそんなことを思うが、今はそれどころではない。

ベルゼブフォから集めた膨大な魔力を、いったい何に使うというのだろう？

何かろくでもないことに使われるような気がしてならなかった。

「……レオニーダ殿！　これは何のつもりだ！」

甲板上に立つライザ姉さんが、俺たちを代表して疑問をぶつけた。

するとレオニーダさんは、何かが壊れてしまったかのように大声で笑う。

「取り戻すのですよ、世界を」

「……何を言っている？」

「最も大切なものを蘇《よみがえ》らせるのです。大悪魔の魔力と数多《あまた》の血をもって」

そう言うと、レオニーダさんは彼方に輝くエルマールの街を見やった。

湖畔《こはん》の大都市は、さながら夜空に煌《きら》めく星のよう。

輝く灯の一つ一つに、人々のぬくもりが感じられる。

数多の血……。

まさか、街の住民たちを犠牲にするつもりなのか⁉

「何と愚かな……。そのようなこと、断じてさせません‼」

姉さんもまた、レオニーダさんのしようとしていることを察したのだろう。

その激しい怒りを表すように、靴音を響かせながら距離を詰める。

そうして姉さんが腰の剣に手を掛けた瞬間、テイルさんが割って入った。

「レオニーダ様の邪魔はさせません」

「……私を止められるつもりか？」

「持って、三分といったところでしょうか」

そう告げると、テイルさんはスカートの中から二振りのナイフを取り出した。

ライザ姉さんが剣聖であることを知っているというのに、退く気はないらしい。

その強靭《きょうじん》な意志に、多少なりとも感じるところがあったのだろう。

姉さんは俺たちの方を見ると、すっとベルゼブフォを顎《あご》で示す。

「私は二人を止める！　ノアたちはあのカエルを何とかしろ！」

「わかりました！　そちらは頼みます！」

「ああ、すぐに終わらせるさ」

こうして俺たちは、改めて船を動かしてベルゼブフォの前へと移動した。

ぬるりとした粘膜で覆《おお》われた皮膚に、無数の銛が突き刺さって動きを止めている。

流石はコンロン商会製の兵器、性能だけは確かだ。

以前にラーナさんが用いていたナイフも、倫理面を無視すれば有用だったからな。

無駄に有能な悪徳商会なんて、全く質《たち》が悪い。

「こいつが動けなくなってるうちに、とどめを刺しましょう！」

「うん！　ボクも最大火力で行っちゃおっかな！」

「私も、これを使いましょう」

そう言って、ニノさんが取り出したのは爆薬の括《くく》りつけられたクナイであった。

さらに魔力の込められた札が貼《は》ってあり、爆発力を補助しているようである。

これならば、かなりの威力を見込めるだろう。

「よし、じゃあ一斉攻撃です！　頭を狙《ねら》っていきますよ！」

俺の呼びかけに、みんな揃《そろ》って頷いた。

ロウガさんも、盾を構えて敵からの反撃に備える。

さあ、一発で片を付けるぞ！

俺は黒剣を抜くと、それに炎の魔力を込めた。

たちまち黒い剣身が赤々と燃えて、火の粉が舞い上がる。

魔力が滾《たぎ》り、剣が脈動した。

「はあああっ!!　いっけえええええっ!!」

力を最大限に高め、放つ。

炎が夜空に軌跡を描き、光が炸裂《さくれつ》した。

それに続いてクルタさんたちも攻撃を繰《く》り出《だ》し、爆発が連続する。

――ズゥウンッ!!

腹の底に響くような轟音《ごうおん》、噴き上がる火柱。

湖面が赤く照らされ、波紋が広がった。

衝撃の大きさに船が傾き、飛沫が身体を濡《ぬ》らす。

その威力は先ほどの爆発とは比べ物にならないほどだ。

「……さすがだなぁ！　こりゃひとたまりもねえ！」

「ま、ジークだからね！」

「これならやれたでしょう！」

圧倒的な破壊力に、ベルゼブフォの死を確信するクルタさんたち。

俺も、これほどの攻撃を食らって奴《やつ》が平気でいられるとは思わなかった。

恐らく上級魔法の一段階上、超級魔法ぐらいの威力はあっただろう。

しかし――。

「おのれ、矮小《わいしょう》な人間どもめが!!!!」

爆炎が晴れた先には、怒りに狂う大悪魔の姿があった。

第七話

戻れない過去

ジークたちがベルゼブフォと対峙《たいじ》していた頃。

ライザはナイフを構えたテイルと睨《にら》み合《あ》っていた。

テイルもいくらか腕に覚えはあるようだが、剣聖であるライザと比べると差は歴然。

戦う前から勝敗は明らかな状態であった。

それゆえに、ライザは怪訝《けげん》な表情で尋ねる。

「……なぜ道を違《たが》えた主人を守る？　忠誠心か？」

「レオニーダ様がこうなったのも、私のせいだからです」

「どういう意味だ？」

ライザの問いかけに対して、テイルは何も答えなかった。

代わりに彼女は仮面を外して船外へと投げ捨てる。

それはさながら、過去との決別を表しているかのようであった。

「ん？　その顔、どこかで……」

「余計なことを考えている暇はありませんよ」

スカートを翻《ひるがえ》し、テイルはナイフを勢い良く投げた。

ライザはそれをかわし、そのまま距離を詰めて鍔迫《つばぜ》り合《あ》いに持ち込む。

飛び散る火花、響き渡る金属音。

ライザの口から、改めて感心したように吐息が漏《も》れる。

メイドにしておくのはもったいないほどの技の冴《さ》えであった。

「なかなかやるな」

「あの日以来、修行してきましたから」

「それだけの力を、なぜ正しい方向に使わない？　それとも、レオニーダ殿のすることが正しいと思っているのか？」

再び問いかけるライザ。

その思いの強さを表すかのように、声は重く荒々しい。

しかし、テイルはそれに対して少しばかりうんざりしたような顔をした。

そして、先ほどまでよりもいくらか強い口調で言う。

「レオニーダ様が現在に至ったのも、すべて私のせいですから」

「……過去に何があったかは知らん。だが、それで今を曲げて良い理由にはならない！」

テイルに応じるように、ライザもさらに語気を強めた。

二人の視線が交錯し、さらに言い争いは激しさを増していく。

やがて溢《あふ》れ出す感情をぶつけるように、二人は戦いを再開した。

刃が交錯し、火花が散る。

「ライザ様にはわからないでしょう。ですが構いません、私の罪なのです」

「そうやって一人で何もかも背負い込む気か」

「ならば、どうすればよいというのですか……！」

心の奥底に封じ込められていたテイルの感情が、微《かす》かに零《こぼ》れた。

しかし、それを素直に認めてしまうわけにもいかないのだろう。

彼女はあえて表情を押し殺すと、ナイフを強く握りしめる。

「はっ！　せやあっ‼」

「甘い！　先ほどよりも剣筋が乱れているぞ！」

「その余裕、いつまで続きますかね……！」

テイルはそう告げると、親指を伸ばして刃に当てた。

たちまち肌が裂け、血が滴《したた》り落ちる。

——トクン。

無機物であるはずのナイフが微かに脈動したように見えた。

同時に、テイルの気配が悍《おぞ》ましく膨れ上がる。

それはさながら、燃え尽きる寸前の炎のようであった。

もしも、この場にノアがいたら言ったであろう。
牡牛《ミノタウロス》と対峙した時のラーナさんにそっくりだと。
「これで決着をつけましょう。はあああぁっ!!」
ナイフから放たれた斬撃。
それはテイルの生命力を吸い込み、極限まで威力を増していた。
赤黒い稲妻を放ち、ライザへと迫るそれは竜巻を思わせる。
しかし――。
「……道具に頼るとは、失望したぞ」
冷ややかなつぶやき。
直後、ライザの剣が円を描いた。
大気を凍らせるような衝撃波が駆け抜け、たちまちのうちに斬撃が霧散する。
鋼を切り裂き、山をも粉砕する渾身《こんしん》の攻撃。
外法《げほう》の道具に頼りながらも成し遂げた、人ならざる威力の技。
それをいともたやすく無力化されたことに、テイルは驚きを隠せない。
「ありえない……！」
狼狽《ろうばい》し、ナイフを取り落としてしまうテイル。
ライザはゆっくりと距離を詰めると、その白い喉元《のどもと》に切っ先を突き付ける。

「……もう諦めましょう、お母様」

「おのれ、根性なしが！」

「無理です、私には止められません」

テイルはどこか諦《あきら》めたように言う。

しかし、何かが吹っ切れてしまったのだろう。

それまで何としてでも、テイルに時間を稼がせねばならなかった。

ベルゼブフォから魔力を吸いつくすまでには、いましばらく時間がかかる。

動きを止めたテイルに発破《はっぱ》をかけるように、レオニーダが吠《ほ》えた。

「テイル！　何をしている!!」

剣聖と比較すれば、彼女など路傍の石にすぎなかったのだ。

時間稼ぎができるなど、全くの思い上がりであった。

あまりのことに、テイルは毒気を抜かれたように表情を緩《ゆる》める。

——思っていた百倍は、力の差が存在した。

そう言って悪戯《いたずら》っぽく微笑《ほほえ》むライザの表情は、嘘《うそ》を言っているようには見えなかった。

「まだ一割も力を出していないのだがな」

「……まさか、剣聖がこれほどだったとは」

「勝負ありだな」

テイルの発した言葉に、その場が凍り付いた。

ライザはその意味をすぐに飲み込むことができず、大きく目を見開く。

テイルとレオニーダが親子。

あり得ないわけではないが、全く想像すらしていなかった。

だが言われてみれば、両者の顔はよく似ている。

テイルの顔を見た時、どこかで見覚えがあると思ったライザだったのだが。

何のことはない、レオニーダの面影《おもかげ》を感じただけだったのだ。

「そんな……！　どういうことだ！」

「お話ししましょう。二年前のあの日、私たちに何が起きたのかを」

そう言うと、テイルは改めてレオニーダの顔を見た。

レオニーダは苦虫を嚙み潰したような顔をするものの、やむなく許可を出す。

「いいだろう。事が成ればわかることだ」

「ありがとうございます」

テイルはコホンと咳《せき》払いをすると、ライザの眼をまっすぐに見据えた。

そして薄く口を開き、ゆっくりと語り始める。

「二年前のあの日、私は父を殺したのです」

再び訪れた衝撃。

ライザは言葉を発することすらできず、ただただその場に立ち尽くした。

――○●○――


「……殺しただと？」

テイルの衝撃的な発言から、数秒の間をあけた後。

ライザは大いに戸惑いを含んだ口調で問いかけた。

するとテイルは、軽く胸を押さえて深呼吸をする。

そして微かなためらいを感じさせながらも、確かな口調で語り始めた。

「もともと、私の父であるエイビスはレオニーダ様の使用人にすぎませんでした。しかし、長年の間に情が芽生えて二人は秘密の関係を持つようになったのです。当時のレオニーダ様はすでにご結婚されていましたから、まさしく許されざる関係でした」

「……安い話だな」

いかにも、ゴシップ好きな上流階層の好みそうな話であった。

そこからどうやって、先ほどの衝撃的な告白に結びついていくのか。

ライザは剣を構え直しながらも、テイルの話に聞き入る。

「父とレオニーダ様の仲は次第に深まり、いつしかレオニーダ様は私を妊娠しました。当初は私のことを夫の子であるとしていたそうです。しかし、運の悪いことに私を生む直前に二人の秘密の関係がバレてしまったのですよ」

「それで、どうなったのだ？」

「……上流階層というのは、とかく醜聞《しゅうぶん》を嫌います。私は流産したことにされてしまいました。そして、家を追放された父のもとで育てられることとなったのです。ですが、レオニーダ様は父との関係を諦めきれずにとうとう離婚。再び父を使用人として城に戻し、私もメイド見習いとして戻ることとなったのです」

そこまで言ったところで、テイルは言葉に間を置いた。

やがて彼女は、それまでとは違ってどこか懐《なつ》かしむような明るい声色《こわいろ》で言う。

「それからの数年間は、本当に楽しいものでした。ライザ様が来られたのも、ちょうどその頃だったのですよ。当時の私は一介の使用人見習いでしたし、仮面を着けておりますので再会の際にはお気づきになられなかったようですが」

「む、そうだったのか」

「ええ。しかし、幸せな時間は長くは続きませんでした。今からちょうど二年前のことです。私は父と共に隣町へ使いに出たのですが、その際に魔物に襲われて……。私は、父を……見殺しに……」

テイルの眼に、うっすらと涙が浮かんだ。

雫《しずく》がほろりと頬《ほお》を滴り落ちる。

固く握りしめられた手が震えた。

その様子を見たライザは、テイルの強さの理由を察する。

恐らくは、自らの無力さを痛感して修練に励んだのだろう。

父を失ったその悔しさは、想像を絶するものであったに違いない。

「それで、殺したと表現したわけか」

「………っ」

「その通り。この娘のせいで、あの人は死んだ！」

すぐに言葉を発することのできなかったテイル。

彼女に代わって、レオニーダが叫んだ。

そのヒステリックな金切り声は、狂気すら孕《はら》んでいるようだった。

するとライザはレオニーダの方を見据えて、怒りに満ちた声を発する。

「それが母親のすることか？　娘を執拗《しつよう》に責め立てることが、この子の父親の望むことだとでもいうのか？」

「お前に説教される筋合いなどない！」

そう言うと、レオニーダは両手を大きく広げて天を仰《あお》いだ。

そしてさながら女優のように、朗々《ろうろう》とした声で語り出す。

その様子は自らの世界に酔いしれているかのようだった。

「ここまできたのです、すべてを語ってあげましょう。あの人の死を知った私は、肉体を保存しあらゆる手段で復活させようとした。そしてついに見つけたのです、魔力と血を捧《ささ》げることで死者を呼び戻す古《いにしえ》の禁術を」

「何と愚かな……禁術がなぜ禁術とされているのかわからないのか？」

「わかりますとも。しかし、私にとってはあの人がすべて。他のことなど、どうなっても別に構わないのです」

自分勝手極《きわ》まりない内容を、悪びれることもなく告げるレオニーダ。

彼女はライザの厳しい視線などものともせず、さらに続ける。

「しかし、一つ課題がありました。人を蘇《よみがえ》らせるほどの魔力を集めるには、相応の年月が必要だったのです。このままでは、あの人が蘇ったところで再会は叶《かな》いそうにありませんでした。もし会えたとしても、私は歩くことすらできない老婆《ろうば》になっていたことでしょう。そこで、同時に二つのものを手に入れようと考えたのです」

「人魚の涙と大悪魔の魔力か」

「ええ、腕力だけかと思っていましたがなかなか察しが良いようで」

そう言うと、レオニーダはライザを褒めたたえるように手を叩《たた》いた。

彼女はそのまま、高揚した気分を表すかのように甲板の上を歩き出す。

その足取りは軽く、はつらつとした少女を思わせた。

「人魚の涙は失敗してしまいましたが、代わりにベルゼブフォの魔力が予想外に早く手に入りました。どうせならばより美しく若返った姿であの人と再会したかったのですが、及第点でしょう。今宵《こよい》、すべては取り戻されるのです‼」

狂気と歓喜に満ちた叫び。

レオニーダは芝居がかった仕草で、その手をベルゼブフォの方角へと向けた。

彼女を祝福するかのように、雲の切れ間から月が顔を現す。

だが次の瞬間、強烈な爆風が船体を襲った。

「ぐっ⁉　何事ですか！」

「おお、これは……！」

ベルゼブフォを中心として火柱が上がった。

熱気と閃光《せんこう》が容赦なく押し寄せる。

それに耐えかねたレオニーダは、たちまち倒れて甲板を転がった。

船自体も大きく揺れて、傭兵《ようへい》たちがざわめく。

「ノアたちか！　流石《さすが》だな！」

「バカな！　あんな冒険者どもが、いったいどうやって……！」

「ふん、甘く見るからこうなるのだ！」

「下民どもが……!!」

レオニーダの形相《ぎょうそう》が一変した。

彼女は髪を振り乱しながら、悪鬼のごとき形相でライザに迫る。

しかしここで、世にも悍ましい叫びが轟《とどろ》く。

「おのれ、矮小《わいしょう》な人間どもめが!!!!」

大悪魔の力が、拘束を放れた瞬間であった。

第八話　大悪魔への挑戦

「人間どもめ!!　許さんぞぉ!!」

怒りに身を震わせ、頭を大きく持ち上げるベルゼブフォ。

突き刺さっていた銛《もり》が吹き飛び、にわかに魔力が膨れ上がる。

やがてその後頭部から二対の角のような突起が伸び始めた。

そして紫の巨体が、徐々に赤みを増していく。

体温も上がっているのだろう、微《かす》かに湯気のようなものが見えた。

「こりゃ、ずいぶんとお怒りのようだぞ……」

「まずいね、さっきの攻撃は全然効いてないみたい」

異様な雰囲気を纏《まと》い始めたベルゼブフォに、顔を引《ひ》き攣《つ》らせるロウガさんたち。

かつて湖を支配していたという大悪魔の怒気に、完全に気圧《けお》されてしまっているようだった。

俺《おれ》も、ベルゼブフォの顔を視界に収め続けるのがやっとである。

こりゃ、人魚さんたちが恐れるわけだ……！

下手をすれば、魔王軍の幹部にも匹敵《ひってき》する怪物だぞ！

溢《あふ》れ出す魔力の大きさに、背筋が冷えた。

「スオオオォ……!!」

やがて湖の水を大きく吸い込み、みるみるうちに頰《ほお》を膨らませるベルゼブフォ。

そして俺たちの船に狙《ねら》いを定めると、一気にすべてを吐き出す。

「グアオッ!!!!」

解き放たれた水弾。

それはもはや、水鉄砲などという生ぬるいものではなかった。

俺たちがとっさに船から飛び降りると、たちまち水弾が船体を粉砕する。

いくら木造とはいえ、大人五人が余裕をもって乗れる大きさの船。

それがいともたやすく吹き飛ばされてしまった。

「俺の船が!!!!」

跡形《あとかた》も残らなかった船を見て、同乗していた漁師さんが声を上げた。

これまでロウガさんの背中で大人しくしていた彼であったが、流石《さすが》に大事な船が吹き飛んでは黙っていられなかったらしい。

しかし、続けて放たれる攻撃にすぐさま押し黙ることとなる。

「消し飛べっ!!!!」

ベルゼブフォは口に含んだ水を、今度は幾度かに分割して吐き出した。

分割されたと言っても、その威力はすさまじい。

以前に戦った眷属《けんぞく》の軽く数十倍はパワーがありそうだ。

巨大な水弾が着弾するたびに、湖面が波立つのを通り越してえぐられたようになる。

――バゴォォンッ！

無数の水弾が爆音を立てて降《ふ》り注《そそ》ぐ様子は、さながら流星群か何かのようだ。

俺たちは直撃を避けるため、懸命に泳ぐ。

「ははは！　踊れ踊れ、人間ども！」

「ちっ！　カエルの癖《くせ》に舐《な》めやがって……！」

「両生類が生意気です」

「でも、どうやって攻撃しますか？　あれで効かないとなると……」

「そうだね、弱点とかあればいいんだけど」

「だが、そもそも近づくことすらできねーぞ」

こうして俺たちがああでもないこうでもないと話していた時であった。

なかなか攻撃が当たらないことに焦《じ》れてきたらしいベルゼブフォが、不意に水弾を吐き出すのをやめる。

そして前足を持ち上げて二本足で水面に立つと、腹を大きく擦《さす》り始めた。

「何だ？　悪いものでも食ったのか？」

「ちょっと苦しげだね」

ヒュウヒュウと弱々しく息を吐くベルゼブフォ。

魔力を吸われた影響が、今になって出てきたのだろうか？

それとも、あとになって俺たちの攻撃が効いてきたとかか？

しばらく注意深く観察していると、次第にベルゼブフォの腹が膨れ始めた。

その内側で、魔力が蠢《うごめ》きながら渦を巻いているのが感じられる。

「げっ！　溜《た》めて一気に来る気だ！」

「おいおいおい！　ここら一帯を吹き飛ばす気かよ！」

「逃げるよ！　みんな、できるだけ速く泳いで！」

「俺も連れて行ってくれ!!」

「アンタ漁師だろ、泳ぎは得意じゃないのか！」

「ああ、そうだった!!」

大慌てでその場から撤退しようとするロウガさんたち。

漁師さんも彼らと一緒になって、全速力で泳ぐ。

しかし、ベルゼブフォの様子を見ていた俺はそうではないことに気付く。

「待ってください！　違います、これは……!!」

「グオアァッ!!　ゴハッ、ゴハッ……!!」

やがてベルゼブフォが吐き出したのは、ぬるりとした半透明の塊《かたまり》であった。
さらにその中では、無数の黒い粒が蠢いている。
間違いない、卵だ！
しかも、黒い部分はこうして見ている間にも急成長していく。
やがて尾のようなものが生え、膜を突き破って飛び出してきた。
でっかいオタマジャクシだ。
「さあ行け、我が子らよ！　生意気な人間どもを食らいつくせ！」
一斉に襲い掛かってくるオタマジャクシたち。
その大きさは既に、人間の大人と同じぐらいに達していた。
もはやオタマジャクシというよりも、巨大なナマズか何かのようである。
しかも恐ろしいことに、その口には立派な牙《きば》が生えていた。
こんなものに噛《か》みつかれたら、骨ごとバリバリ砕かれてしまいそうだ。
「ひぃぃっ!!　気持ち悪っ……!!」
人間サイズのオタマジャクシが、群れを成して襲ってくる異様な光景。
それにクルタさんがたまらず悲鳴を上げた。
しかし、立ち止まっている暇などない。
ぼんやりしていたら、あっという間に食いつくされてしまう！

「みんなで背中合わせになりましょう！　漁師さんは、俺たち四人の内側に入ってください！」

「は、はい！　すぐに！」

こうして俺たちは五人で集まり、少しでも隙《すき》をなくした。

本当は結界を張れると一番なのだが、あいにく時間がない。

そうしている間にも、オタマジャクシたちが猛然と迫ってくる。

さながら、黒い波が襲い掛かってくるかのようだった。

「どりゃあっ‼」

「やっ！　はっ！」

やがて到達した第一波。

ロウガさんの盾がオタマジャクシを吹き飛ばし、クルタさんの短剣が黒い皮膚を割いた。

さらにニノさんが追撃を加え、クナイが容赦なく降り注ぐ。

俺が攻撃に参加するまでもなく、周囲のオタマジャクシが殲滅《せんめつ》された。

しかし、敵の数は無尽蔵。

いくらか倒したところで、次々と押し寄せてくる。

「これじゃキリがねえぞ！」

「また来るよ！　備えて！」

「クッソォ！　こんなところで死ねるかよ！」

「こっちにもドンドン回してください！」

力を振り絞り、オタマジャクシを懸命に処理する俺たち。

しかし、水中で戦い続けるのにはやはり無理があったのだろう。

徐々にみんなの動きが悪くなっていく。

そしてとうとう、ニノさんの手が止まる。

小柄な体格も災いして、彼女が一番体力面で余裕がなかった。

「くっ！」

「大丈夫、ニノ⁉」

「平気です、お姉さま。ちょっと攣ってしまっただけです」

「まずいですね、このままだと……」

何とかみんなに時間を稼いでもらって、大魔法を使うしかない。

広範囲で敵を殲滅することができれば、戦況は間違いなくこちらに傾くはずだ。

一分あれば、何とか準備をすることができる。

だが、その一分がどうしようもなく長い……！

こうして、俺が戦いながらも思案を巡らせている時であった。

「はあああぁっ‼　飛撃乱閃《ひげきらんせん》‼」

無数の斬撃が湖面を薙《な》ぎ払《はら》った。

これは、間違いない！

「姉さん!!」

湖面を走るライザ姉さんの姿を見て、俺は思わず声を弾《はず》ませた。

彼女の放った斬撃によって、押し寄せていたオタマジャクシが瞬く間に薙ぎ払われる。

流石はライザ姉さん、あれだけの数を相手にまさしく一騎当千といった状態だ。

敵を寄せ付けないどころか、遠距離から一方的に殲滅している。

「すまん、遅くなった！」

「いえ！　むしろ、もう終わったんですか？」

「ひとまずはな。今のテイルたちに戦う意欲はない。あの悪魔が暴《あば》れ出《だ》して、連中の計画は全《すべ》て吹っ飛んだようだ」

なるほど、こんな状態になるのはテイルさんたちも予想外だったというわけか。

姉さんがこう言うなら、ひとまずは大丈夫そうだな。

いまはとりあえず、ベルゼブフォとの戦いに集中できそうだ。

「ライザが来ればもう安心……って！　また来るよ!!」

「どんだけいるんだよ！」

「……ヒキガエルは卵を一万個以上も産むとか。ベルゼブフォも、ひょっとしたらそれぐらい産むのかもしれません」

「冷静に言ってる場合か！」

ニノさんの言葉に、キレのいいツッコミを入れるロウガさん。

そうしている間にも、おびただしい数のオタマジャクシが迫ってくる。

新たに生まれた分もいるのか、さながら湖を埋め尽くすかのような勢いだ。

すかさず姉さんが斬撃を放つが、流石にすべては倒しきれない。

ニノさんは一万とか言っていたが、こりゃそんなもんじゃないぞ！

「ここは私が引き受けた！」

「でも……」

「いいから行け！　さっさとあのカエルを倒してこい！」

「……わかった！　すぐにあいつを倒すよ！」

こうして俺たちは姉さんにその場を任せると、再びベルゼブフォとの距離を詰めた。

さて、この巨大な悪魔をいったいどうやって退治するのか。

まずはそこの解決策を見つけなければどうにもならなかった。

ベルゼブフォもそこがわかっているのか、自らの子が次々と退治されているというのに余裕の表情だ。

「ハハハハハ！　どうする、人間よ。我にそなたらの攻撃は効かんぞ？」

「たとえ大悪魔だろうと、どこかに弱点はあるはず。そこを突きさえすればいい」

「フハハ、笑止！　この我にそんなものがあるはずなかろう！」

俺たちのことを笑い飛ばすと、ベルゼブフォは再び水弾を吐いて攻撃してきた。

それを回避しながら、どうにか知恵を絞る。

ベルゼブフォの最大の攻撃手段は、あの大きな口だ。

そして恐らく、あそこが最大の弱点でもある。

どうにかあの口を封じることができれば、こちらの勝ちなのだけれど……。

「……そうだ！　ニノさん、爆薬付きのクナイってまだ残ってますか？」

「ええ、あと三本あります」

「じゃあ、奴《やつ》が水弾を吐いた直後に口へ放り込んでください。できますか？」

俺がそう尋ねると、ニノさんは少しムッとした顔をした。

そして、自信ありげにフンスッと鼻を鳴らす。

「もちろんです。忍びを舐めないでください」

「なるほど、奴の口を攻撃するんだね？　なら、ボクも協力するよ」

「んじゃ、俺は飛んできた水弾の余波を防ぐぜ。集中して狙いな」

ひとまずの役割分担が決まった。

俺はベルゼブフォに攻撃を悟られないよう、水中で魔法陣を描く。

そして少しずつ魔力を集中させ、攻撃のタイミングを計った。

――思考が加速する。
時の流れが緩慢になり、ベルゼブフォの動きがゆったりとして見えた。
そして、ついに時が訪れる。
俺たちが何かしようとしていると見て、ベルゼブフォが大きめの水弾を放った瞬間。
俺は皆に号令をかけた。
「今だッ‼」
俺の声に合わせ、ニノさんとクルタさんが攻撃を放った。
放たれたクナイと短剣は、精緻《せいち》な軌道を描いてベルゼブフォの口に飛び込む。
それはまさしく、職人技と言っていい見事なものだった。
直後、ベルゼブフォの口で大爆発《ばくはつ》が巻き起こる。
「グオォッ⁉」
さしもの大悪魔も、口の中で起こる爆発には耐えられなかった。
倒れるとまではいかないものの、大きな動揺を見せる。
その隙をついて、俺もまた渾身《こんしん》の一撃を放った。
「おりゃあああっ‼‼」
青白い魔力が湖面を切り裂き、ベルゼブフォの口に飛び込んだ。
……しかし、大悪魔の巨体は倒れない。

とっさに魔力を展開し、口の中に結界を張ったようだ。

老練な悪魔ならではの技だろう。

対応速度の速さも、一級品であった。

「……油断したわ。だが、この我に生半可な魔法は通用せんぞ？　魔力で身を守っておるからのぅ」

そう言うと、ベルゼブフォは再び大きく水を吸い込み始めた。

俺たちにとどめを刺すべく、全力で攻撃を仕掛けてくるつもりのようだ。

だがその次の瞬間、俺が仕込んだ魔法が発動する。

「グゴッ⁉　水が、凍る……⁉」

「氷の魔法ですよ。さっき、冷気の塊を口に放り込みましたから」

「ゴガッ！　グオオオッ……‼」

魔力によって形作られた、小さな冷気の渦。

それが口に溜め込まれた水を凍らせ、巨大な氷塊へと変えてしまった。

それによって口をふさがれ、ベルゼブフォはまったく身動きが取れなくなる。

手足が短いため、口に手を伸ばして氷を動かすことすらできない。

加えて、氷を砕くための牙も持ち合わせてはいなかった。

「……よし、うまくいった！」

俺は呼吸ができずにもがくベルゼブフォを見ながら、ほっと胸を撫《な》で下ろした。

うまくいくかどうかわからなかったが、大成功だ。

事前にクルタさんたちに攻撃してもらって、口の中の感覚を痛みで麻痺《まひ》させたのが良かったのだろう。

普通の状態であれば、冷気を放り込んだ直後に気づかれたに違いない。

「うわー、しんどそう……！　よくこんなの思いついたね」

「口をケガさせるんじゃなくて、塞《ふさ》いでしまえばいいと思って」

「大した機転だよ。ははは、これじゃ大悪魔も形《かた》なしだな」

その場でひっくり返り、どうにか氷の塊を外そうとのたうち回るベルゼブフォ。

もはや大悪魔の威厳も何もあったものではなく、氷塊の重さで身体全体が半ば潰《つぶ》れてしまっていた。

さて、あとはいったいどうやってこいつにとどめを刺すかだな。

いくら何でも、悪魔が呼吸困難で死ぬなんてことはないだろうし。

そんなことを思っていると、オタマジャクシを片付けたらしい姉さんが戻ってくる。

流石は姉さん、あれだけの数を難なく倒してしまったらしい。

「……ふぅ、数だけは多くて苦労した」

「おかえりなさい、姉さん」

「そっちもだいたい終わったようだな」

そう言うと、姉さんは無様《ぶざま》に横たわるベルゼブフォを見た。

俺たちがこれだけ早く大悪魔を片付けるとは、思ってもみなかったのだろう。

その顔は少し驚いているようだった。

「とどめは私が刺そう。一撃で真っ二つにしてやる」

そう言って、姉さんは剣を上段に構えた。

彼女を中心に、剣気の渦が巻き起こる。

湖面が大きく凹《へこ》み、さながらクレーターのような状態となった。

これが、剣聖の力か……！

流石のベルゼブフォも、姉さんのこの攻撃を食らえばひとたまりもないだろう。

しかしここで――。

「ごうなづだら、なにもがもまぎぞえにじでやる‼」

倒れたベルゼブフォの腹が、一気に膨らみ始めた――！


――○●○――

「……まずい、自爆する気か！」

見る見るうちに膨れ上がっていくベルゼブフォの身体。
風船のように薄く延ばされた皮膚の内側では、膨大な魔力が渦巻いている。
……こんなのが破裂したら、ここら一帯が吹っ飛ぶぞ！
高まり続ける魔力に、俺はたまらず冷や汗をかく。
「何とか止められないの⁉」
「無理です、手のつけようがありません！」
クルタさんの問いかけに、俺は力なく首を横に振った。
爆発を防ぐには魔力を放出させるしかないが、あまりにもリスクが高すぎる。
最悪、途中で暴発して事態を悪化させてしまう可能性もあった。
素直に距離を取った方が、よほど安全だ。
「みんな、こっちだ！　とりあえずあの船に乗れ‼」
レオニーダさんの軍船《ぐんせん》を指さし、すぐに移動するように促す姉さん。
とりあえず、このまま何もない場所にいるよりはいいだろう。
俺たちは可能な限り急いで船まで泳いだ。
――ミシ、ミシッ‼
ベルゼブフォの巨体から、何かが軋《きし》むような音が聞こえてくる。
限界を超えて膨らんだ骨格が、今まさに悲鳴を上げているようだ。

俺たちはそれに恐怖しながらも、どうにか船の傍《そば》へとたどり着く。

「止まるな、急げ!!」

「ひぃぃっ……！　ど、どうしてこんなことに……！」

「手を止めないで！　そのまま登り切ってください！」

いまにも破裂しそうなベルゼブフォの身体を見て、泣き言を漏《も》らす漁師さん。

彼は懸命に甲板へと這《は》い上がろうとするが、なかなかうまくいかなかった。

近くにいたニノさんが彼の手を摑《つか》むが、体格差のせいで持ち上げられない。

そうしていると、不意に甲板から縄梯子《なわばしご》が降ろされた。

「これをお使いください」

「テイルさん……」

「さあ、早く！　いまは余計なことを考えている場合ではありません」

思うところはいろいろとあったものの、俺たちは素直に縄梯子を使うことにした。

そうしてどうにか全員が上り切ったところで、周囲から音が消えた。

嵐《あらし》の前の静けさとでもいうのだろうか。

にわかに風が止まり、異様な虚無が満ちる。

月の光がいやに明るく見えた。

そして――。

「うおっ⁉」

「まずい！　みんな、頭を下げて‼」

「ひぎいいぃっ‼」

「やべえぞこれは‼」

閃光《せんこう》、爆音、押し寄せる暴風。

船が大きく揺さぶられ、俺たちは危うく放り出されそうになった。

それを何とか船縁《ふなべり》につかまってやり過ごそうとするのだが、そこへ容赦なく波が襲い掛かってくる。

爆発の影響で起きた高波が、船を一気に飲み込んだのだ。

「ぐおっ⁉」

「ロウガさん！」

「やばっ……！　もう限界……！」

「クルタさんまで！」

圧倒的な水の暴力。

それによって、ロウガさんたちが次々と流されてしまった。

俺はどうにか耐えていたものの、やがて船自体が壊れ始める。

魔力を流して材質を強化するものの、元がただの木材では限界があったようだ。

やがて竜骨《りゅうこつ》が折れて、船体が壊れてしまう。

そこからは一瞬で、あっという間に船全体がばらばらとなった。

「くっ！　どうすれば……!!」

懸命に思案しながらも、身体が激流に呑《の》まれていく。

まともに息をすることができず、次第に意識が朦朧《もうろう》とし始めた。

俺は……このままおぼれて死ぬのか……？

視界が黒く染まっていく中、そんな考えが脳裏《のうり》をよぎった。

だが次の瞬間、俺の背中を誰《だれ》かが強く抱きしめる。

「しっかりしてください！　人間さん!!」

「この声は……！」

閉じてしまっていた眼を開くと、そこには美しい少女の顔があった。

この眼は間違いない、サマンさんだ！

集落への連絡を済ませ、戻って来てくれたらしい。

俺はそのまま彼女によって水面まで引き上げられ、思いっきり息を吸い込む。

まさに生き返ったような心地だ。

「ぷはぁ！　サマンさん、ありがとうございます！」

「いえいえ、お友達を助けるのは当然ですから」

「……あの、厚かましいお願いなんですけど。他のみんなも助けてもらえませんか、さっきの大波ではぐれてしまって……」

俺がそう申し出ると、サマンさんは柔和な笑みを浮かべた。

そしてそのまま、何かに呼び掛けるかのようにそっと手を振り上げる。

すると、たくさんの人魚たちが一斉に浮上してきた。

「うわぁ……！　サマンさんのお仲間ですか？」

「はい！　何かあるかもしれないと思って、みんなに来てもらいました！」

「ありがとう！　いい判断だよ!!」

俺は心の底からサマンさんに感謝した。

もしここで彼女が仲間を連れて来てくれなかったら、誰かが死んでいたかもしれない。

そんなことになったら、悔やんでも悔やみきれなかっただろう。

俺は彼女の手を握ると、改めて深々と頭を下げる。

「本当に、本当にありがとう！」

「あはは、そこまで頭を下げないでくださいよ。こっちが緊張しちゃいます」

「おーーい！　大丈夫かー!!」

やがて遠くから、ロウガさんの声が聞こえてきた。

姉さんたちはもちろん、テイルさんやレオニーダさんまで一緒である。

どうやら全員、サマンさんの仲間によって無事に救出されたようだ。

「良かった……。これで一件落着だね！」

皆の無事な姿を見て、ほっと胸を撫で下ろすクルタさん。

俺もやれやれと一安心する。

何はともあれ、これで一件落着だ。

あとはレオニーダさんたちに事情を聴いて、騎士団に引き渡せば……などと思っていると。

ニノさんが青い顔をして、彼方《かなた》の湖面を指さす。

「待ってください！　波が、波が消えてません！」

「え？　ああ、そうみたいだなぁ」

「そうみたいじゃありません！　もっとよく見てください！」

ニノさんに言われて、目を凝らすロウガさん。

するとその表情がたちまち凍り付いた。

俺たちもロウガさんに倣《なら》って、ニノさんが指さす先をよーく見てみると……。

「あ、あれは……!!」

「とんでもないことになったな……！」

黒い波頭の向こうに、煌々《こうこう》と輝く無数の灯。

波に呑み込まれようとする大都市エルマールの姿が、そこにあった。

第九話 街を守れ！

ラミア湖の湖畔《こはん》に位置するエルマール。

古くから湖水を利用した交通の要衝《ようしょう》として栄え、芸術の都としても知られる街である。

圧政の影響で活気は失われていたが、それでも人口は三万を超える大都市だ。

この街がいま、未曽有《みぞう》の危機に瀕《ひん》していた。

「……あ？　なんだぁ、ありゃ？」

最初に異変に気付いたのは、桟橋で寝転がっていた男であった。

酔いつぶれて酒場を追い出された彼は、そのままフラフラと湖畔にやってきた。

そして桟橋に横たわって涼を取っていたところ、耳慣れないゴーッという唸《うな》りを聞いて起き出したのだ。

それはさながら、嵐《あらし》でも迫っているかのようだった。

「……波？」

街に迫ってくる黒々とした何か。

悪酔いしていたこともあり、男はそれを何かの見間違いだと思っていた。

しかし、だんだんと意識が覚醒《かくせい》するにつれてそうではないことに気付いてしまう。

「……いいっ⁉　や、やべえ‼」

巨大な波が、街を呑《の》み込《こ》もうと迫ってきている！

男は慌てて走り出すと、まだ営業していた酒場へと駆け込んだ。

そして、息も整えないまま声の限りに叫ぶ。

「波だ‼　でっけえ波が街に迫ってきてる‼」

男の叫びに、酒場にたむろしていた客は大笑いした。

いくら大きいといっても、ラミア湖は海ではない。

まして天気は快晴、波など来るはずもなかった。

「酔っぱらって夢でも見たか？」

「道で寝るからそんなことになるんだよ」

「案外、もうボケてるんじゃねーか？」

「ははは、違《ちげ》えねえ！」

「違う！　お前らも外を見てみろ！　早くっ‼」

男の声の大きさに、場の空気が白けた。

何人かの客がうんざりした様子ながらも、外に出て湖を確認する。

すると遥《はる》か彼方に、はっきりと巨大な波の壁が見えた。

微《かす》かに、風に乗って滝のような轟音《ごうおん》も聞こえてくる。

たちまち酔いが醒めた客たちは、引《ひ》き攣《つ》った声を上げた。

「……マジかよ」

「あ、ありえねえ！　んだよこりゃ‼」

「早く、早く逃げねえと‼」

瞬く間に恐怖が広がり、周囲はパニック状態へと陥《おちい》った。

酒場の客を中心に始まった騒動は、みるみるうちに街全体を呑み込んでいく。

すっかり寝静まっていた街が、にわかに恐ろしい喧騒《けんそう》に包まれた。

家を飛び出した群衆が、大荷物を手に当てもなく通りを逃げ惑う。

「逃げろ、とにかく早く！」

「逃げるったってどこに！　この辺一帯、全部低地だぞ！」

「領主様の城があるだろ！」

やがて群衆は、街で一番の高台である領主の城へと殺到した。

しかし、彼らの行く手を巨大な門と衛兵たちが阻《はば》む。

「お前たち、下がれ！　この先は立ち入り禁止だ！」

「何を言ってるんだ！　あれが見えねえのかよ‼」

「我々は何人たりとも、城に入れてはならないという命を受けている。下がれ！」

「んなこと聞いてられっか!!　領主様を出せ、お前らでは話にならねえ！」

そこかしこから、領主を出せと怒号が上がった。

だがあいにく、レオニーダは外出したとの連絡を受けている。

衛兵たちは何とか彼らを押しとどめようとするが、そう簡単には止まらない。

なにせ、命がかかっているのだ。

せめぎ合いはみるみるうちに激しくなり、やがて双方ともに武器を手にする。

「領主様はおられん！　いまは出かけておられるのだ！」

「信じられねえな！　自分だけ引きこもってるんじゃねーのか？」

「そうだ、あの方はいつもそうだ！　俺《おれ》たちばっかり苦しめやがって！」

一触即発。

群衆がいよいよ暴徒と化し、衛兵たちと衝突しそうになった時であった。

どこからともなく、少女の声が響いてくる。

「落ち着いて」

「これは……エクレシア殿！」

人波を割って現れたのは、エクレシアであった。

彼女は衛兵たちの前に立つと、いつになく強い口調で告げる。

「ここをどいて。この人たちを中に入れてあげるの」

「しかしですね、我々は領主様から……」

「レオニーダ様はここにはいない。だったら、決定権があるのはあなたのはず」

エクレシアはスッと、衛兵隊長の額を指さした。

皆から一斉に視線を向けられた隊長は、その圧力に耐えかねて冷や汗を流す。

これほど重要な判断を下すのは、彼の役職からすると本来はあり得ないことであった。

しかし、エクレシアの言うことにも一理ある。

領主とテイルが不在の今、この城においてもっとも地位が高いのは彼であった。

衛兵隊長はしばし逡巡《しゅんじゅん》したのち、重々しく告げる。

「……わかった。城を解放する、まずは老人と子どもを優先だ！」

「おおおおおっ!!!!」

たちまち拍手が巻き起こり、人々は城の中へとなだれ込んだ。

こうして避難が始まったのを見届けたところで、エクレシアは人々に声を掛ける。

「この中に、魔法を使える人はいる？」

彼女の呼びかけに対して、少なくない数の人が手を上げた。

思ったよりも人数がいたことに、エクレシアは満足げに頷《うなず》く。

「なら、あなたたちは私について来て。あれを止めに行く」

「あれって、あの波を？」

「その通り」

「無茶言わないでよ！　あんなの止められるわけないじゃない！」

「そうだ、いくらなんでも無理だ！」

エクレシアの発した言葉に、反発する人々。

魔法の心得のある彼らだったが、あれほどの波を前に何かができるとは思えなかった。

ここに集まっているのは、賢者でもS級冒険者でもないのだ。

するとエクレシアは、自信ありげに言う。

「平気。私たちは協力するだけ」

「……その言い方だと、もう誰《だれ》かが止めようとしているってことですか？」

「ええ。私の弟と仲間が、今動いているはず」

実のところ、エクレシアはノアたちの動きを知る由《よし》もなかった。

対決を約束して分かれて以来、互いの宿の場所すら知らない有様《ありさま》である。

ノアが今どこで何をしているかなど、わかるはずもない。

しかし、エクレシアはノアのことを絶対的に信頼していた。

このような事態を黙って見過ごすはずがないと。

そして、あの大波をどうにかできるだけの手段を持っているはずであると。

姉としての直感と言っても過言ではなかった。

「だがなぁ……」

「いくら、エクレシア様の言うことでも……」

エクレシアの言葉を聞いてもなお、動きの鈍い人々。

焦《じ》れたエクレシアは、とうとう奥の手を使うことにした。

彼女はマジックバッグの中から、剣を振り上げた勇者の絵を取り出す。

「こうなったら、奥の手。みんな、これを見て」

たちまち、人々はエクレシアの取り出した絵に眼を奪われてしまった。

彼らの中で、大きな高揚感と戦意が湧き起こる。

それは次第に拡散し、やがて抑えきれないほどの熱となった。

そこへさらに、エクレシアが発破《はっぱ》をかける。

「みんな、この美しい街を守る。今こそ立ち上がる時！」

「おおおおおっ‼‼」

こうしてエクレシアは、魔法を使える者たちを連れて湖を目指すのであった——。


——○●○——

「まずいな、このままじゃ街が……！」

湖面を突き進む黒い波。

唸りを上げる水の壁は、このまま上陸すれば沿岸部を洗い流してしまうことだろう。

最悪、エルマールの街が壊滅してしまうかもしれない。

あの威力の波が人々を襲うところなど、想像したくもなかった。

「サマンさん、俺たちを連れてあの波まで行けませんか？」

「ちょっと待って！　あれを止めるつもり⁉」

「はい！」

引き攣った声を上げるクルタさんに、俺は即答した。

あの波を止めることができるのは、恐らく俺たちだけだろう。

だったら、このまま見過ごすことなどできるはずがない。

しかし、クルタさんはブンブンと首を横に振る。

「ダメだよ！　そんな無茶したら、いくらジークだって……」

「ああ。今回ばかりは、流石《さすが》に私でも厳しいかもしれん」

珍しく、ライザ姉さんがクルタさんの意見に賛同した。

彼女は唸る大波を見ながら、眉間に深い皺《しわ》を寄せる。

流石の剣聖と言えども、街を丸ごと呑み込むような波を防ぐのは容易ではないのだろう。

水は流体であるため、相性《あいしょう》的にも最悪に近い。

「……だとしてもです。それに、あの街にはエクレシア姉さんもいるんですよ」

「しかしだな……」

「私からもお願いします。無礼は承知の上です、どうか何とぞ……」

ここでテイルさんが俺たちの前に出てきた。

彼女に続いて、人魚さんに連れられたレオニーダさんもまた頭を下げる。

野望が潰《つい》えたせいであろうか。

その表情は虚無感に溢《あふ》れていたが、同時にどこか晴れやかであった。

恐らくはこれが、本来の彼女の姿なのだろう。

不自然な目のぎらつきがなくなり、何とも穏やかに見える。

「……仕方あるまいな」

「しょうがないね、こうなったらジークは止まらないし」

「いつもの流れですね」

「ああ。……人魚の姉ちゃん、俺たちを連れて街まで行けるか？」

ロウガさんの問いかけに、サマンさんたちは自信満々に胸を張った。

流石は人魚、この状況下でも泳ぎに支障はないらしい。

「皆さん、私たちの背中に乗ってください！　全力で飛ばしますよ！」

「はい、お願いします！」

こうして漁師さんたちをその場に残し、俺たちは移動を開始した。

サマンさんの身体につかまっていると、すごい勢いで景色が流れていく。

こりゃ、船なんか比にならないぐらい速いな！

人を背負っているというのに、人魚さんたちの動きは驚くほど軽快。

やがてみるみるうちに水の壁が迫ってくる。

近くで見ると、思った以上の迫力だ。

大人の十倍ほどは高さがあるだろうか。

こんなのに呑み込まれたら、人間なんてひとたまりもない。

「一気に突き抜けます‼　しっかりつかまってくださーーい‼」

サマンさんの呼びかけに応じて、俺たちは大きく息を吸い込んだ。

そして次の瞬間、強烈な水圧が身体を襲う。

下に押さえつけられるような感覚は、肺の中の空気をすべて吐き出してしまうほどだった。

それをどうにか堪《こら》えていると、今度は急に浮遊感がやってくる。

「うおっ⁉　と、飛んでる⁉」

やがて波から飛び出したサマンさん。

俺を乗せたまま美しい弧を描いた彼女は、そのまま滑らかに着水した。

そしてそのまま止まることなく泳ぎ続け、あっという間にエルマールの街が見えてくる。

「すごい、もう着いちゃった！」

「こりゃ大したもんだ、今まで捕まらなかったわけだぜ！」

「急ぎましょう！　これなら、何とか間に合いそうです‼」

俺は急いで桟橋に登ると、可能な限り強力な結界魔法を準備し始めた。

それに合わせて、姉さんもまた構えを取って気を高め始める。

――ゆらり。

姉さんの身体がぼんやりと白いオーラに包まれる。

「よし、私がまずあの波を割る。ノアは、割れた後の波を防げ！」

「わかりました！」

「私たちは、ジークに魔力を分ければいい？」

「助かります！　俺だけじゃ、流石に厳しいので！」

俺は両手を前に突き出すと、白い魔力の膜を展開した。

十分な魔力さえあれば、あの波でも防ぎきれるだけの代物である。

もっとも、俺一人の魔力では流石にあれを止めるのは困難だ。

クルタさんたちも両手を出し、膜に手を添えて魔力を供給し始める。

「ぐぐぐ……なにこれ……！　体力が吸い出されてるみたい！」

「なかなか消耗がえげつないですね……！」

「二人とも大丈夫か⁉」

予想以上の消費に、倒れそうになるクルタさんとニノさん。

その背中をロウガさんが慌てて支えた。

流石に街全体を守るほどの規模となると、消費する魔力も半端《はんぱ》なものではない。

俺自身、ここまでの魔法を使うのは初めてだ。

ここにシエル姉さんでもいれば、何とかなりそうなんだけど……‼

無いものねだりをしてもしょうがない。

「私たちも魔力を注《そそ》ぐのですよ！　みんな、頑張るのです‼」

ここで、サマンさんたち人魚が加わった。

魔力が豊富な種族らしく、魔力の膜を維持する負担が明らかに軽くなる。

そこへさらに、避難したと思っていた街の人々が戻ってきた。

その先頭に立っているのは……エクレシア姉さんだ！

俺の行動を読んで、街の人たちを連れて来てくれたらしい。

「やっぱり。こうなってると思った」

「姉さん！　来てくれたんですね！」

「話すのは後。その膜に魔力を注げばいいの？」

「ええ！　これで何とか防げるはずです！」

俺がそういうや否《いな》や、人々は空へと手をかざした。

魔力が放出され、光の膜が目に見えて分厚くなる。

この人たち、全員が魔力を持っているのか！

ろくに時間がない中でこれだけの人員を集めてきた姉さんの手腕に、俺は素直に感心する。

恐らくは絵画技法を使ったのだろうけど、今回ばかりはありがたい。

「来るぞ!!」

やがて、膜の外側に立っていたライザ姉さんが声を上げた。

彼女は半月を描くように剣を動かすと、一気に力を爆発《ばくはつ》させる。

――閃《ひらめ》き。

刹那《せつな》のうちに放たれた斬撃が、空を切り水を割った。

迫りくる波頭は二つに分かれ、その勢いを大きく減じる。

しかし、元の勢力が膨大であっただけに止まることはない。

「やはり止まらんか！　ノア、あとは任せたぞ！」

最後にもう一発だけ斬撃を放つと、ライザ姉さんは天歩《てんぽ》で空に退避した。

直後、濁流と化した水が一気に押し寄せる。

「さあ、ここからが勝負ですよ!!」

「おおおおっ!!」

気合と共に、さらに魔力を流し始める一同。

こうして街の存亡をかけた俺たちの大勝負が始まった――！


―○●○―


「うぐっ……‼　すごい圧力だ……‼」

波が膜へと到達した瞬間、魔力の消費量が跳ね上がった。

急激に魔力を吸い上げられた俺は、力が抜けて倒れそうになる。

思っていた倍、いや三倍ぐらいの負荷だ……‼

こりゃ、気を抜いたらあっという間にぶち抜かれるぞ……！

「……もう、ダメ！」

「お姉さま……！」

再び倒れそうになるクルタさんを、ニノさんが慌てて支えた。

しかし、彼女自身も息を荒くして辛《つら》そうだ。

このままでは、じきに共倒れになってしまうだろう。

集まってくれた人々からも、次々と苦悶《くもん》の声が漏《も》れる。

中には、気を失ってしまう人までいた。

「うっ……!!」

「みんな、あともう少しなのです……!!」

続いて水上からは、人魚さんたちの悲鳴が聞こえてきた。

俺やクルタさんたちに次いで魔力を供給してくれている彼女たちは、他と比べて負担が大きいようだ。

中には、あまりの消耗に耐えかねて水に沈み始める人魚さんまで現れる。

「はぁ……!!　うおおおおっ……!!」

身体の芯《しん》に力を込めて、どうにか魔力を絞り出す。

既に限界をいくらか超えているのだろう、容赦のない倦怠感《けんたいかん》と激しい頭痛が襲ってきた。

痛い、頭を鉄で殴られたみたいだ……!!

あまりの苦痛にうめき声が漏れるが、今倒れるわけにはいかない。

ここで俺が倒れたら、すべてがおしまいなのだ。

皆に負担が回って、一気に結界が吹っ飛んでしまうことだろう。

「はぁ、はぁ……!!」

あとほんの数十秒。

それだけ耐えることができれば、波は収まる。

しかし、その数十秒が今の俺にとっては果てしない。

普段なら意識すらしない時間が、さながら永遠のように感じられる。

ほんの少し、ほんの少しだというのに……届かない……!!

「もう……持たないぞ……!!」

いよいよ耐えきれない。

俺が意識を手放しそうになった瞬間、にわかに負担が軽くなった。

姿の見えない何者かが、急激に魔力を供給し始めたのだ。

そして数秒後、町全体を呑み込むようだった水の壁がふっと消えていく。

どうやら俺たちは、無事に大波を乗り切ったようだ。

「やった、やったぞ……!!」

「街を守ったんだ!!」

やがて俺たちの後ろにいた人々が、次々と歓声を上げた。

俺も喜びの声を上げたいが、疲れすぎてそれすらできない。

そのままストンとその場に腰を下ろすと、深呼吸をしてどうにか息を整える。

ここまで魔力を絞り出したのは、シエル姉さんと特訓した時にもなかったことだ。

既に限界をいくらか超えてしまっているのだろう。

身体が軋《きし》むような嫌な感覚がある。

「大丈夫か、ノア?」

「ああ、姉さん……」

やがて戻ってきたライザ姉さんが、心配そうに声を掛けてきた。

……よっぽど俺の顔色が悪いのだろうか？

いつもの厳しさはどこへやら、ずいぶんと優しげな雰囲気である。

俺はその呼びかけに対して、かろうじて言葉と頷きを返す。

「ポーションだ、飲め」

「ありがとう……」

手渡されたポーションを飲むと、すぐ楽になり始めた。

身体の底にある重しが、スウッと軽くなったかのようである。

……これ、もしかしてエクスポーションか？

かなり高級品のはずだけど、流石はライザ姉さんだな。

「だいぶ楽になったよ、姉さん」

「良かった。これからはそんなに無理をするんじゃないぞ。お前、今にも死にそうな顔をしていたからな」

「……そんなにヤバかったの？」

「ああ。ゴブリンみたいな色をしていた」

ライザ姉さんの例えに、俺は思わず吹き出してしまいそうになった。

確かに、そんな顔をしていれば心配にもなるだろう。

にしても、ゴブリンって……ははは！

こうして俺が笑っていると、今度はエクレシア姉さんとクルタさんたちが近づいてくる。

「ふぅ、何とかなって良かったよ！　またジークに助けられたね」

「街を一つ救っちまうとはな、やっぱり大したもんだよ」

「……でも、勝負は別。勝たない限りは認めない」

俺を褒めるクルタさんたちの一方で、エクレシア姉さんは妙に冷静だった。

いや、これは冷静に見せようとしているのか……？

言葉や表情こそ落ち着いているが、眼鏡《めがね》がズレてしまっていることに気付いていない。

どうやら、危機を乗り切って精神が大いに緩《ゆる》んでいるようだった。

「勝負はもちろんやりますよ。それより、さっきすごい魔力を感じたんですけど……」

そう言うと、俺は改めて周囲を見渡した。

しかし、先ほど感じたような膨大な魔力の持ち主は見当たらない。

さっきの感じからすると、シエル姉さんにも匹敵《ひってき》しそうなぐらいだったのだけど……。

そう思ってさらに探知範囲を広めると、水面下に大きな魔力を感じた。

これは、もしかして……!!

俺が驚いていると、その魔力の持ち主が急速に浮上してくる。

「よく頑張りましたね、人の子よ」

やがて魔力の持ち主は、ザブンッと湖面を割って姿を現した。

大きな槍《やり》を手にした、威厳のある人魚さんである。

その身体は他の人魚よりも一回り大きく、さらにその頭には美しい珊瑚《さんご》の王冠が輝いていた。

どうやら彼女が、人魚族の女王であるようだ。

その登場に合わせるように、他の人魚たちが深々と頭を下げる。

「で、でっけえ人魚⁉」

「俺、初めて見た……！」

「こりゃ、すげえ美人さんだなぁ……」

女王の姿を見て、街の人々は大いに驚いた。

さらに彼らは、桟橋の下に人魚たちが集まっていることに気付いて眼を見張る。

魔法を展開するのに必死になっていたため、今まで人魚さんたちがいたことに気付かなかったようだ。

いや、もしかすると驚いている余裕すらなかったのかもしれないが。

「あなたが、さっき俺たちを助けてくれたんですね？　ありがとうございます」

「いえ、礼には及《およ》びませんよ」

そう言うと、女王は過去を懐《なつ》かしむように遠い眼をした。

そして、エルマールの街並みを見て楽しげに語り出す。

「ここは私たちにとっても大切な街ですから。この街の礎《いしずえ》を築いたヴァルデマール家の初代とは、浅からぬ縁があるのです」

ここでふと、胸元《むなもと》からペンダントのようなものを取り出す女王。

そこには紳士然とした男性の絵がはめ込まれていた――。


――○●○――


「もしかしてその人が、ヴァルデマール家の初代様ですか？」

ペンダントにはめ込まれた絵を見て、俺はすぐに女王に尋ねた。

すると彼女は、どこか嬉《うれ》しそうな様子で頷く。

そしてゆっくりとではあるが、過去のいきさつを語り始める。

「あれは、今からもう二百年ほど前の話でしょうか。当時は我々の里もいまほど閉鎖的ではなくて。私は里のある洞窟《どうくつ》を抜け出しては、陽光の下で泳ぐのが日課となっておりました。そんなある日、たまたま溺《おぼ》れている少年を見つけて助けたのです」

「それが、初代様だったというわけですね？」

「その通り。もっとも当時は、下級貴族の次男坊に過《す》ぎなかったのですがね」

そう言うと、女王はスウッと視線を上げた。

そして煌々《こうこう》と輝く月を仰《あお》ぎながら、しっとりとした口調で続ける。

「それから十年ほどして、少年は戻ってきました。このラミア湖周辺の領有を認められた、気鋭の大貴族として。そして……私たち二人は……」

「……恋に落ちちゃったと？」

どことなく、楽しげな口調で尋ねるクルタさん。

その手の話題に興味があるのか、その眼はキラキラと輝いている。

彼女の隣にいるニノさんも、どことなくそわそわした様子だ。

するとそんな彼女たちを見た女王は、楽しげに微笑《ほほえ》む。

「ええ、互いを想《おも》う私と彼は隠れて逢瀬《おうせ》を重ねるようになりました。人目を忍び洞窟を抜け出していくのは本当に楽しかったものです。私もあの頃は若かったものです。……しかし、種族を超えた愛というのは因果なものでしてね」

「何かあったんですか？」

「私たち人魚族の持つ魔性に、彼も魅入られてしまったのですよ」

女王の口調がにわかに暗くなった。

彼女は顔を下に向けると、ふうっと大きく深呼吸をする。

一息ついて、複雑な内心を整理しているようだった。

「彼は次第に、私に対して並々ならぬ独占欲を見せるようになりました。はじめのうちは強く愛してくれているのだと、好意的に見ていたのですがね。それがおかしいと気づいたのは、この地に調査隊が来た時のことでした」

「それってもしかして、あの記録を残した……！」

大図書館で見た、人魚に関する調査資料。

あれも確か二百年ほど前に作成されたものだったはずだ。

驚く俺たちをよそに、女王は話を続ける。

「調査隊を追い払ってほしいと、私は彼に頼みました。この地で穏やかな暮らしを続けることが、我々人魚族の望みでしたから。すると彼は、あろうことか調査隊を禁断の地に誘導したのです。結界の中に入ったが最後、ベルゼブフォに食われると知った上で」

「なっ……！」

予想だにしなかった、むごい仕打ち。

俺たちは思わず言葉を失い、お互いに顔を見合わせた。

いくら愛する者の秘密を守るためとはいえ、やりすぎなんてものではない。

もっとうまくごまかす方法がいくらでもあったはずだ。

「どうして、そんなことを……！」

「二度と訪れないようにするためだそうです。実際、人が次々と姿を消して調査はあっけなく打ち切られました。ですが私は、躊躇《ちゅうちょ》することなく人を死に追いやる姿を見て恐ろしくなりました。そして自ら身を引き、女王となったのちは一族の者が人前に姿を現すことを固く禁じたのです」

「うわぁ……」

「美しさは時に人を狂わせる。そのいい例」

静かに話を聞いていたエクレシア姉さんが、重々しい口調で告げた。

美を生み出す者として、深く感じるものがあったのだろう。

その言葉には自戒の念がこもっているようでもあった。

「だが、それが街の成立とどう関《かか》わるんだ？　ただの悲劇のようにも思えるが……」

「そうですね、本題はここからです。私たちが湖の底から出なくなった後、彼は各地から高名な画家を招きました。私の精巧な肖像画を描かせて、少しでも寂《さび》しさを紛《まぎ》らわせようとしたのです」

「でも、そんなことをしたところで……」

「ええ。寂しさは紛れるどころか、募る一方だったことでしょう。私はこっそりと術を用いて、彼の様子を探りましたがひどいありさまでした。しかし、ある女が事態を一変させるのです」

女王の声が、心なしか軽くなった。

彼女はそのまま、流れるように語り続ける。

「その女はもともと、彼が集めた画家のひとりでした。しかし、彼女は決して人魚の絵を描こうとはしませんでした。代わりに、地上の美しい風景や人々を描き続けたのです。最初のうちは肖像画を描かない彼女に苛立《いらだ》っていた彼でしたが、段々とその絵に惹《ひ》かれていきました。そうしていつの間にか、私以外にも目を向けるようになったのです」

「絵の力で、心を取り戻したってわけですね」

「はい。こうして正気に戻った彼は、この街を芸術の都として発展させていったのです。ですのでこの街は、私にとって……何と言えばいいのでしょう。大切な人の心が、取り戻された象徴とでも言えばいいのでしょうか」

そこまで語ったところで、女王は微笑みを浮かべた。

まさかこのエルマールの街に、そんな逸話が存在したなんて。

街の住人達も知らなかったようで、ひどく驚いた顔をしている。

「まさか、この街にそんなに深く人魚が関わっていたなんて」

「俺は、人魚なんて今の今まで信じてなかったぜ」

「私もよ、ただの伝説だと思ってた」

「でも、言われてみれば人魚の絵はよく見るな……」

口々に語り合う住人達。

するとここで、湖の方からひどく乾いた声が響いてくる。

この声は……もしかして……！

「何ということだ。我が一族は、祖先の代から愛ゆえに身を滅ぼしてきたのか……」

振り向けば、そこには人魚の背につかまるレオニーダさんの姿があった。

彼女はそのままよろよろと桟橋に上がると、崩れ落ちるように膝《ひざ》をつく。

その丸まった背中からは、女帝と呼ばれた覇気を感じることはできない。

悲しさと虚《むな》しさに暮れる一人の女の姿がそこにはあった。

「……まだ滅びてはいませんよ」

「なんですって？」

「あなたはまだ生きています。罪を償ったのち、彼のように人々に尽くすのです。そしてこの街を盛り立てていくことが、今のあなたの為《な》すべきことでしょう。それまでは、死ぬことなど許されません」

女王の威厳あふれる言葉に、レオニーダさんの眼から涙がこぼれ落ちた。

俺も自然ともらい泣きをしてしまいそうになる。

こうして事件は、一応の決着を見るのであった――。

第十話

エクレシア対ジーク！

「……やれやれ、何とか事態が片付いたな！」

翌日。

俺《おれ》たちは事件解決のお祝いも兼ねて、食堂で少し豪華なブランチを取っていた。

似たようなことを考える人も多かったのか、既に席は埋まっていて騒ぐ人たちまでいる。

これまで抑圧されていた分、発散するエネルギーも大きいのだろう。

まだ昼前だというのに、完全にお祭りムードだ。

俺たちもその陽気さに当てられて、自然と会話が盛り上がる。

「結局、エルマールの街はしばらくヴァルデマールの分家が治めることになったんですよね？」

「ああ。レオニーダ殿の処分は後日決まるそうだ」

「極刑は免《まぬが》れるだろうが、十年は修道院で過ごすだろうなぁ」

腕組みをしながら、つぶやくロウガさん。

位の高い貴族が犯罪を起こした場合、投獄されることはめったにない。

代わりに、彼らは僻地《へきち》の修道院で長く厳しい修行生活を送るのだ。

事件の重大さからして、レオニーダさんも恐らくはそうなることだろう。

「しかし、まさかテイルさんがレオニーダ様の子どもだったなんてね」

「ああ、私も聞いたときはびっくりしたさ」

事実を反芻《はんすう》するように、うんうんと頷《うなず》くライザ姉さん。

彼女から話を聞いた俺たちも、はじめは驚いたものである。

まさかあの二人が、実の親子だったなんて。

しかし、仮面を外したテイルさんの顔を見るとそれも納得がいった。

レオニーダさんの面影《おもかげ》が、はっきりと表れていたからである。

「あの仮面も、テイルさんの素性《すじょう》を隠すためだったんだろうね」

「ああ、まんまと騙《だま》されちまったよなぁ。てっきり、自分より若い女を見るのが嫌なだけだと思った」

「そう見えるようにしてたってとこだろうね。ま、半分ぐらい本当だったかもしれないけど」

悪戯《いたずら》っぽく笑うクルタさん。

いずれにしても、真実はレオニーダさんにしかわからないだろう。

「……それにしても、テイルはどうなるのでしょう？」

ここで、コクンと首を傾《かし》げながらニノさんがロウガさんに尋ねた。

テイルさんのことが心配なのか、少し不安げな様子である。

俺も、彼女のことはどうにも嫌いになれなかった。

とんでもないことをしようとしていたのは事実だけれど、何だかなぁ……。

するとロウガは、うーんと困ったように眉間に皺《しわ》を寄せる。

「そうだなぁ……。ひとまずはどこかの貴族の養子に入って、そのあと領主の座を継ぐんじゃないか」

「今回の件に関して、テイルはまったくの無関係だって主張してたもんねえ」

騎士団に引き渡した際のこと。

レオニーダさんは全面的に自分の非を認めたが、テイルさんの責任は強く否定した。

何もかも自分が命令して強制的にやらせたことであると、すべての責任を負ったのだ。

母親として、何かしら思うところがあったのであろう。

最後に親らしいことでもしてやりたかったのかもしれない。

「ま、ここから先はボクたちの立ち入る問題じゃないね」

「だな。にしても、愛する男のためにあそこまでするなんて。女の情念は恐ろしいぜ……」

「その言い方、ちょっとどうかと思うけどなー」

しみじみと語るロウガさんに、ぷうっと頬《ほお》を膨らませて噛《か》みつくクルタさん。

女とひとくくりにされたことが気に障ったらしい。

まあ、流石《さすが》にレオニーダさんと一緒にされてはたまらないだろうからなぁ。

一方で、ライザ姉さんは大人らしくいくらか落ち着いた態度で言う。

「とにかく、これで街の活気も戻るだろう。重税も廃止されるという話だしな」

「ええ。人魚さんたちも、これからはたまに街を訪れるとか」

「これからは街の人々とも穏当な関係を築けるといいですねぇ」

俺がそう言うと、ライザ姉さんは深々と頷いた。

これまでの経緯を超えて、ぜひとも仲良くしてほしいものだ。

今回の事件で協力したことが、そのきっかけとなってくれるといいのだけれど。

俺は皆で結界を張ったことを思い出しながら、ぼんやりと天井《てんじょう》を仰《あお》ぎ見る。

まだ昨日のことだというのに、ずいぶんと前のことのように感じられた。

「ひとまず、これで用も済みましたし。ラージャへ帰りましょうか」

「ああ。いろいろとあって、私も流石に疲れてしまった」

「そうだねー。さっさと帰って、聖剣を修理してもらおうよ！」

「はい！」

こうして俺が頷いたところで、ニノさんがあっと声を上げた。

彼女は時計を見ると、青ざめた顔をして言う。

「ジーク、大変ですよ！」

「え？」

「エクレシアさんとの勝負まで、あと十分しかありません!!」

「ああっ!!　忘れてた!!」

いけない、昨日の件で勝負のことがすっ飛んでた!!

やばいやばいやばい、ここからだともう全力で走らないと間に合わないぞ!

ああ、なんで俺はこういうところで抜けてるんだ!

昨日まであれだけ頑張って絵を描いたっていうのに!

「……ごちそうさま!　後のことは頼みます!」

「あ、ちょっとちょっと!!」

俺は急いでスープの残りを飲み干すと、慌てて席を立った。

そしてそのまま、取るものも取りあえず約束の広場に向かって走り出す。

活気の戻ったエルマールの街は、人通りがずいぶんと増えていた。

俺は行き交う人々の合間をすり抜けながら、滑るように進んでいく。

やがて広場が見えてくると、そこには既にギャラリーが集まっていた。

その中心に、エクレシア姉さんがムスッとした顔で立っている。

ちょっと怒っているのだろうか、タンタンッと足でリズムを刻んでいた。

姉さんが怒った時にやる癖《くせ》だ。

「遅い、五分前集合するべき」

「すいません、うっかりしてて」

「……もしかして、約束を忘れてた？」

——ジロリ。

こちらの事情を見透かしたような問いかけに、思わず顔をこわばらせた。

エクレシア姉さんってこういう時の勘は本当に鋭いんだよな……。

しかし、ここで素直に答えると話がややこしくなる。

俺は渾身《こんしん》の笑みを作ると、どうにか誤魔化《ごまか》そうとする。

「そ、そんなわけないよ！　ただちょっと、ギリギリまで修正してたら遅くなっちゃって」

「怪しい」

「ほ、本当だって!!」

俺が懸命に取り繕うと、やがてエクレシア姉さんは「まあいい」とそっけなく言った。

こちらが何をしていようと、もはや関係ないといった様子である。

そして気を取り直すように咳払《せきばら》いをすると、俺の額をビシッと指さす。

「では、勝負開始。絶対に勝つ！」

「俺だって、負けませんよ！」

忘れていたのは事実だが、俺だって懸命に仕上げてきた作品がある。

みんなの力を借りて作り上げた、自慢の絵だ。

俺は姉さんに負けじと大きく胸を張ると、絵の入っているマジックバッグを取り出す。

すると姉さんもまた、余裕たっぷりにキャンバスに掛けられていた布を外した。

「おおお……!!」

「何と素晴らしい……!!」

絵が見えた瞬間、ギャラリーがどよめいた。

それは、題材的にはありきたりともいえる風景画。

輝くラミア湖をバックに、整然と広がるエルマールの街並みが描かれている。

しかし、完成度が尋常なものではなかった。

景色をそのまま切り取ったような写実性はもちろん、そこへわざと虚構めいた陰影を織り込むことで雰囲気が増している。

虚実を巧みに使い分ける姉さんの技量の高さが、これでもかというほどに現れていた。

姉さんがこれまで手掛けてきた作品の中でも、間違いなく傑作の部類だ。

「むぐぐ……!!」

やはり、実力では俺の方が不利だ。

そう実感せざるを得ず、たまらず冷や汗を流す。

――これは勝てないかもしれない。

俺の心の中で、ムクムクと弱気が頭をもたげた。

しかし、それをどうにかこうにか振り払う。

せっかく、サマンさんにも協力を仰いで仕上げたのだ。

たとえ姉さんが相手だろうと、退くわけにはいかない……!!

「これが、俺の絵です」

こうして俺は、マジックバッグから取り出した絵をその場にいた全員に披露した。

「これは……人魚？」

俺が取り出した絵を見て、エクレシア姉さんは少しばかり驚いた顔をした。

どうやら、人魚を題材にするとは思っていなかったらしい。

考えてみれば、人魚は湖の奥底に住む幻の種族。

昨日の騒動で、初めてその姿を見たという人がほとんどだろう。

エクレシア姉さんにしても、題材に選ぼうにも選べなかったに違いない。

全くの想像で描くことは、姉さんの主義に反しているから。

「本物を見て描いたの？」

「ええ。たまたま、仲良くなった子がいて」

俺がそう答えると、ざわめきは一層広がった。

やがてギャラリーから次々と声が上がる。

「すごい！　本物の人魚の絵なんて、初めて見た！」

「言われてみれば、昨日見た人魚にそっくりだな……」

「こいつはいいや！　これからのこの街にぴったりだ！」

昨日の出来事が、大きくプラスに働いているらしい。

人魚を題材としたことが、思ったよりもはるかに街の人々に好評だった。

これは、ひょっとするといけるかも！

あともう一押し、何かがあれば勝てるかもしれない！

「うーん、あとは……」

「おーーい！」

俺が考え始めたところで、人波の向こうから声が響いてきた。

振り向けば、クルタさんたちが大きく手を振っていた。

彼女たちは俺に走り寄ってくると、はぁはぁと荒く息をする。

急いで食事を済ませて、俺を追いかけて来てくれたようだ。

「もう、いきなり走っていくんだから！」

「すいません、時間がなかったので」

「それで、今どんな状況なんですか？」

周囲のギャラリーやエクレシア姉さんの顔を見ながら、ニノさんが尋ねてきた。

俺は彼女たちに近づくと、そっと早口で今の状況を説明する。

するとどうしたことだろうか。

ライザ姉さんが、何やら得意げに笑みを浮かべた。

「……ならば、最後に色を追加したらどうだ？」

「え？　そりゃ、パフォーマンスにはいいかもしれませんけど……」

俺は改めて、自分の描いた絵を見た。

流石にエクレシア姉さんの作品には及《およ》ばないが、時間をかけてキッチリ仕上げたものである。

追加と言っても、足りない部分などそうは見つからない。

下手をすれば、蛇足《だそく》になってしまう可能性もある。

すると姉さんは、笑いながらとあるものを取り出した。

「あ、それは……!!」

「ふふふ、ちゃーんと取っておいたんだ」

うららかな日差《ひざ》しのもと、七色に輝く美しい鱗《うろこ》。

間違いない、前に姉さんが持ってきた人魚の鱗である。

そうか、確かにこれならば素晴らしい差し色になるだろう。

俺はさっそく鱗を受け取ると、薄く削って蒼《あお》の絵具と混ぜる。

そしてそれを描かれた人魚の下半身に薄く塗ると……。

「おおおっ!!」

「なんと、なんと……!!」

「素晴らしい……!!」

虹色に輝く光の粒子が散らばり、陽光に輝く。

それはさながら、生命の輝きを表すかのようであった。

それまでどこか静かな印象であった人魚が、一変して躍動感を得る。

眠っていた絵が、今まさに目覚めたかのようだ。

色を足した俺自身、予想以上の変化にため息が出てしまう。

その劇的なまでの変化に、誰《だれ》もが目を奪われた。

これにはエクレシア姉さんも驚いたようで、眉間にスッと皺が寄る。

「……なかなかやる」

それだけ言うと、エクレシア姉さんは改めてギャラリーたちの方に向き直った。

そして彼らに大きな声で問いかける。

「そろそろ、勝敗を決したい。エクレシアの描いた風景画とノアの描いた人魚の絵。どちらがいいか手を上げて」

まずは自分の絵からと、風景画を手で示すエクレシア姉さん。

たちまちギャラリーのうち半数ほどが手を上げた。

流石は姉さん、これだけの流れをもってしても容易には勝たせてくれない。

しかし、この結果は彼女にとって予想外だったのだろう。

眉間の皺が一層深まった。

「……これで決まると思ってた」

「そう簡単には負けませんよ。続いて、俺の絵が良いと思う人！」

俺は緊張した面持《おもも》ちで、自身の描いた絵を示した。

すると……さきほどより、いくらか多くの人が手を上げた。

思わず目を疑ってしまったが、見間違いじゃない。

多くの人が、エクレシア姉さんより俺を認めてくれたのだ。

それを見たライザ姉さんやクルタさんが、思わず叫ぶ。

「……勝ちだ。ノアの勝ちだ‼」

「すごいよ！　あのエクレシアさんに勝つなんて‼」

「流石だぜ！　お前はやると思ってたけどよ！」

口々に俺のことを褒めたたえるライザ姉さんやクルタさんたち。

すっかり照れ臭くなってしまった俺は、顔を赤くして頬をかいた。

それもこれも、人魚さんたちのおかげだろう。

最後に鱗を画材にするアイディアを思いついたライザ姉さんも冴《さ》えている。

まさしく、みんなで勝ち取った勝利だ。

「ぐぐ……！」

一方で、負けたエクレシア姉さんはショックが大きかったのだろう。

頬を膨らませて、物凄《ものすご》く不機嫌そうな顔だ。

あまりにも渋い顔をしている彼女を見て、俺は思わずフォローを入れる。

「……あはは、画材と題材が良かったんですよ。タイミングもバッチリでしたし」

「運に恵まれるのも、優れた芸術家の資質」

「じゃあ、認めて……」

「でも、それとこれとは別の問題！」

ええ、そんなのありなのか⁉

エクレシア姉さんは急に話をひっくり返すと、俺の絵の前に移動した。

そして、聞き取れないほどの早口でダメ出しをしていく。

「人物は良いけれど、背景がダメ！　水が死んでしまっている！　もっと表情を柔らかく、目に固さが残ってる！　光の反射が——」

まさしく怒涛《どとう》のツッコミ。

その苛烈《かれつ》さに俺は気が遠くなるような思いがした。

ここまできつく言われたことは、特訓中にもなかったことである。

するとここで、ライザ姉さんがエクレシア姉さんの後ろに回り込み、その肩に手を置く。

そしてゆっくりと諭すように告げた。

「……何を言おうと、負けたのは事実だ。大人になれ」

「むぅ……。ライザにだけは言われたくない」

「なっ！　お前、私が子どもだとでも言いたいのか？」

「そう。ライザはエクレシアよりお子様」

「何だと！」

……この二人、喧嘩《けんか》せずにはいられないのだろうか？

本来の話題から外れて、ライザ姉さんとエクレシア姉さんは言い争いを始めてしまった。

彼女たちはギャラリーもそっちのけで、そのままドンドンとヒートアップしていってしまう。

「そういうエクレシアの方が子どもだろう！　お前、割り算できるのか？」

「もちろん。エクレシアはさんすうマスター」

「バカな、いつの間に！」

「私は日々進歩する。止まってるライザとは違う」

「くっ……！」

悔しげな顔をするライザ姉さん。

するとクルタさんが、呆《あき》れたように言う。

「もう、変な言い争いしてないでさ。負けたなら潔《いさぎよ》く認めようよ」

「そうですね。そうやって言い訳をする方が子どもです」

クルタさんに続いて、ニノさんまでもが正論を言った。

痛いところを突かれたエクレシア姉さんは、言い返すことができずに黙り込む。

しかし、その頬が見る見るうちに赤くなり――。

「ダメなものはダメ！　認めない！」

「ええい、このわからず屋め！　こうなったら、強硬手段だ！」

「わっ!!」

いきなり、ライザ姉さんが俺の手を掴《つか》んだ。

どこまで行っても、埒《らち》が明かないと判断したのだろう。

このまま俺を連れて逃げてしまうつもりのようだ。

それを見たエクレシア姉さんが、一瞬、呆《ほう》けたように目を見開く。

しかしすぐに気を取り直すと、周囲のギャラリーたちに呼び掛ける。

「みんな、ライザたちを止めて！」

「げっ！　まずいぞ！」

「急いで逃げろ！　止まるな！」

俺たちを取り囲もうとする人々。

その間をどうにか潜《くぐ》り抜《ぬ》けて、俺たちはエルマールの街を抜け出すのだった――。

第十一話 帰還

エルマールを逃げるように旅立ってから、はや一週間。

ラージャに帰還した俺《おれ》たちは、さっそく工房を訪れていた。

「これが、オリハルコン本来の輝きか……‼」

俺たちから短剣を受け取ったバーグさんは、目を大きく見開いた。

よっぽど衝撃を受けたのだろう、目玉が飛び出してしまいそうなほどだ。

彼は欲しかったおもちゃを受け取った子どものように、そわそわと落ち着かない様子で短剣を検《あらた》める。

「これを取ってくるのに、ほんと苦労したんだぜ」

「まさか、あんなことに巻き込まれるとは思いませんでしたからね」

エルマールでの出来事を思い浮かべながら、俺は大きく肩をすくめた。

簡単にオリハルコン製の短剣を譲ってもらえるとは思っていなかったが、流石《さすが》にあれは予想外である。

特にベルゼブフォとの戦いなんて、途中で死ぬかと思ってしまった。

みんなも同様の感想を抱いているようで、とても疲れた顔をする。

「まあでも、無事に帰ってこられたんだし良かったんじゃない？」

「そうですね、誰《だれ》も怪我《けが》とかしませんでしたし」

「ついでに、エクレシアさんにも認められたことだしね！」

実に良い笑顔で告げるクルタさん。

あれは、そういうことで良かったのだろうか……？

喜ぶクルタさんの言葉を、俺は素直に肯定することができなかった。

勝負には勝ったけれど、最後の最後まで滅茶苦茶《めちゃくちゃ》ごねてたからなぁ……。

すると渋い顔をしている俺を見かねたのか、ライザ姉さんが笑って言う。

「なに、騒いではいたが認めているさ。エクレシアはそういう子だ」

「そうなのかな……？」

「ああ。あれだけ猛烈にごねたのが証拠だ」

「……あー」

駄々をこねるエクレシア姉さんの姿を想像して、俺は思わず納得してしまった。

痛いところを突けばつくほど、エクレシア姉さんってごねるからな。

それに、絵画技法を使ってこなかったのも今からしてみれば不自然だ。

俺を絶対に止めるつもりならば、あれを使えば一発だったはずだ。

たぶん、何かしら後ろめたいところがあったのだろう。

素直に行かせてやるべきという考えも、少しはあったのかもしれない。

「しかしそうなると……。とうとう全員に認められたってことか？」

「あっ……！　そうか！」

ロウガさんの言葉に、俺はポンと手を打った。

ライザ姉さん、シエル姉さん、ファム姉さん、アエリア姉さん、エクレシア姉さん。

これで、五人全員の試練を乗り越えたことになる。

ということは、もう姉さんたちの試練に悩まされることもない。

自由だ、俺はとうとう真の自由を手に入れたぞ……‼

誰にも邪魔されずに、冒険できる！

「あはは、あはははは……‼　とうとう俺は、解放された……‼」

俺は思わず、その場でステップを踏んだ。

こんなに嬉《うれ》しいことは久しぶりだ。

気分が高揚して、そのままどこかに飛んで行ってしまいたいような気分である。

いやいっそ、このままギルドで大きな依頼でも受けようか？

姉さんたちに干渉されないって、こんなに気持ちがいいことなのか！

「よっぽど、自由になったのが嬉しいんだね」

「ま、あんな姉ちゃんが五人もいたらそうなるだろ」

「いろいろと無理難題を押し付けられてましたからね」

「ああ、特に――」

「いま私のことを見なかったか？」

「……そ、そんなことはないぞ！」

ジロリと睨《にら》みを利《き》かせた姉さんに、肩を震わせるロウガさん。

するとここで、バーグさんがごほんっと咳払《せきばら》いをする。

いけない、すっかり身内だけで話し込んでしまった。

俺たちは慌てて彼の方へと向き直る。

「ひとまず、材料はこれで十分だ。二週間もあれば聖剣の復元ができるぞ」

「む、思ったより時間がかかるんだな」

「オリハルコンを溶かすには、特別製の炉で十日はかかるんでな」

バーグさんは工房の奥にある巨大な鉄の筒のようなものを指さした。

その背後からは太いパイプが何本も伸びていて、前に教会で見たパイプオルガンにちょっぴり似ている。

そういえばこんなもの、前に来た時はなかったな。

オリハルコンを扱うために、わざわざ新設したもののようだ。

「こいつはすごいぜ。後ろのパイプを使って、自動で吸気されるようになってんだ。しかも、今まで使っていた炉の倍以上の高温に耐えられる」

「へえ……！　流石オリハルコン、道具まで一流の品を揃《そろ》えないとダメなんですね」

「あたぼうよ。ま、とにかく全部任せてくれ。バッチリ仕上げてやるよ」

「お願いします！」

こうしてバーグさんに短剣を預けた俺たちは、彼の工房を後にした。

二週間後か、ちょっと時間がかかるけど今から楽しみだな。

あの錆《さ》びた剣が、いったいどんな姿に生まれ変わるのか。

想像しただけでもワクワクしてしまう。

「きっと、修理された聖剣は何でも切れるんだろうなぁ」

「ああ。一度、試し切りをしてみたいものだ」

「姉さんが使ったら、逆に切れすぎて危ないんじゃないかな?」

「ははは、それはそうかもしれん。しかし……」

急に、姉さんの表情が険しくなった。

彼女は俺の方を見ると、ひどく真剣な調子で語る。

「魔族の動きがどうにも気にかかる。聖剣が修理されるまでの間、何もないといいのだが」

「そう言えば、ヴァルデマールでも暗躍してたみたいだね」

いたらしい。
「ええ。サマンさんの話だと、もともと封印が弱まってたようですよ」
もちろん決定的なきっかけを作ったのはレオニーダさんたちだが、もともとかなり弱まって
「ん？　そうなのか？」

いたらしい。

そもそも、封印が完全な状態であったならばあの程度では解けないとか。

もともと古代の英雄がしたという封印は、恐ろしく強固なものであったらしい。

あれほどの魔物を封印していたのだから、当然と言えば当然だが。

「この前のグラトニースライムといい、迷惑なもんだぜ」

「こっちを騒がせるのが目的みたいだからねー。困ったもんだよ」

「ああ。それに、もしアルカのような者が攻めてきたら厄介なんてものではないからな」

アルカというのは、以前に姉さんが対峙《たいじ》した魔王軍の幹部である。

本調子ではなかったとはいえ、姉さんを相手にほとんど引き分けまで持ち込んだ強者だ。

もしあんなのがまた現れたりしたら、とんでもないことになる。

「まあでも、今まで来なかったから、すぐには大丈夫なんじゃねえか？」

「そうそう。魔王軍内部でも派閥争いがあるみたいだし」

珍しく堅実な姉さんの一方で、楽観的な見方をするロウガさんとクルタさん。

確かに、今まで来なかったのだから急に来るとは考えづらい。

でも、姉さんの勘ってこういう時はだいたい当たるんだよな……。

警戒するに越したことはないだろう。

「とりあえず、ギルドに行って最新の情報を聞いてみましょうか。もしかしたら、何か動きがあるかもしれませんし」

「そうだな。最近、ルメリアちゃんとも話してないし」

「ロウガがまーた受付嬢をナンパしようとしてる」

「冗談だって！　あーほら、いくぞ！」

誤魔化《ごまか》すように走り出すロウガさん。

こうして俺たちは、久しぶりにラージャのギルドに顔を出すのだった。

そこで思わぬ知らせが待ち受けているとも知らずに……。


――○●○――


ノアたちが久々にラージャの冒険者ギルドを訪れる数日前のこと。

ウィンスター王国にある姉妹《しまい》たちの実家では、またしても会議が開かれていた。

第七回お姉ちゃん会議である。

エクレシアもすでに帰宅しており、仏頂面《ぶっちょうづら》で席に座っている。

「やはりダメでしたのねえ……」

話が始まるや否《いな》や、大きなため息をつくアエリア。

満を持して出発したエクレシアであったが、結局、彼女もまたノアを連れ戻すことに失敗してしまった。

エクレシアはその言葉に悔しげな表情をするものの、何も言い返すことができない。

勝負に負けて、最後には苦しい抵抗までしたのに失敗したのだから。

「……ノアは、私たちの試練を乗り越えて独立を果たした。素直にこれを祝うしかないんじゃないかしら」

「うーん、しばらくは様子見するしかないかもしれないわね」

「ええ。ライザもついていることですし」

そう言うと、ファムはエクレシアへと視線を向けた。

するとエクレシアは、何も言わずにプイッとそっぽを向いてしまう。

大きく膨らませた頬《ほお》には、不平や不満がたっぷりと詰まっていそうだった。

「ったく、いつまで拗《す》ねてるのよ。いい加減、素直に認めたら？」

「……イヤ」

「嫌って、自分で勝負を持ち掛けて負けたんでしょ？」

「…………違う、勝てなかっただけ」

「それを負けたって言うのよ！」

すっかり呆《あき》れてしまうシエル。

もっとも、エクレシアが頑固なのは今に始まったことではないのだが。

「しかしまあ、このまま黙っているというのも性に合いませんわね」

「じゃあどうするの？　また、誰かが出かけていくの？」

「それでは進歩がありませんわ。同じことを繰り返しても仕方ありませんわよ」

「ですが、他にどんな手立てがあるでしょうか？」

「そうですわねえ……」

軽く腕組みをしながら、唸《うな》るアエリア。

流石の彼女も、すぐには妙案が思い浮かばない。

ここで簡単に案が思いつくぐらいならば、姉妹の誰かがノアを連れ戻していたことだろう。

「……そうだ。だったらこういうのはどうでしょう？」

「あら、何か思いついたんですの？」

「ええ。ノアが冒険者になったことを利用するのです。確か、一定のランクを超えると指名依頼という制度があるとか……」

「なるほど。ファム姉さん、なかなか冴《さ》えてるじゃない！」

ポンッと手を叩《たた》くシエル。

そうしたところで、急に彼女の上着が震えはじめた。

シエルは急いでポケットをまさぐると、小さな水晶玉のようなものを取り出す。

「なんですの、それ」

「通信球よ。特別に小型化したやつ」

シエルがポンッと指で球をつつくと、たちまち声が聞こえてきた。

それを聞いたシエルの表情が、見る見るうちに青ざめていく。

かなり悪い知らせのようで、その様子は他の姉妹たちが心配になるほどだった。

普段は冷静なシエルが、青い顔をしている。

「大丈夫ですの？」

「……ちょっと、こりゃまずいかも。アエリア姉さん、お願い。今すぐ冒険者ギルドに連絡を取って」

「ノアに依頼を出すのですね？」

「ええ。あの子の力がいるわ、何とか出来そう？」

「わたくしを誰だと思っていますの？」

そう言うと、ドンッと得意げに胸を叩くアエリア。

こうして、第七回お姉ちゃん会議は急報によって幕を閉じたのだった。

「向こうから既に報告は受けていたが……。またお前たちはとんでもないことをやらかしたもんだな」

ギルド二階の執務室にて。

俺たちから報告を受けたマスターは、心底呆れたような顔をした。

まあ無理もない、こっちだってあんな事態に巻き込まれるとは思ってもみなかったのだから。

これだけ騒動を引き起こす冒険者というのも、俺たちぐらいのものだろう。

……半分ぐらいは身内のせいなので、何とも言えないけれど。

「それで、魔族の方は何か動きはありましたか？」

「今のところは静かなもんだ。不気味なぐらいにな」

「やっぱり、内側でごたごたしてて身動き取れないのかな？」

「さあな、詳しいことはわからん。こちらにできることは、万が一に備えて戦力を揃えておくことぐらいだな」

そう言うと、マスターは仕切り直すように机を叩いた。

そして立ち上がると、俺に歩み寄って肩に手を置く。

何故《なぜ》だろうか、その顔には妙な哀愁が漂っていた。

「今はそれよりもだ。ジークに重要な話がある」

「俺に、ですか？」

「そうだ。お前さん、いい加減そろそろ昇級試験を受けないか？」

ああ、そういえば……！

このところ、立て続けに事件が起きてすっかり忘れてしまっていたけれども。

俺は既にCランクへの昇格条件を満たしていた。

ギルドとしては、このままずーっと同じランクでいられるのも困るのだろう。

ランクが形骸化《けいがいか》してしまっても困るだろうし。

「わかりました。えっと、確かコモドリザードの討伐《とうばつ》でしたよね？」

「ん？　何の話だ？」

「ですから、Cランクの昇格試験の話ですよ」

俺がそう言うと、マスターはなぜかきょとんとした顔をした。

あれ、話が全然通じていない？

俺が首を傾《かし》げると、クルタさんが呆れたように言う。

「……ジーク、今更それはないと思うよ」

「だな、自覚なさすぎだぜ」

「こういう時だけ、何故か妙に鈍いですよね」

うーん、そんなに言われるほどなのかなぁ？

俺は助けを求めるように、ライザ姉さんの方を見た。

すると姉さんは、さあとばかりに肩をすくめる。

姉さんは姉さんで、事態をさっぱり呑《の》み込《こ》めていないようだった。

……この人に返答を求めたのは、ちょっとばかり間違いだったかもしれない。

「……Aランクだ。ジークには、Aランク昇格試験を受けてもらう」

「えっ⁉　い、いきなりですか⁉」

「そうだ。むしろ、少し遅いぐらいなのだぞ」

そう言うと、マスターは再び執務机に戻っていた。

そしてドカッと腰を下ろすと、俺に向かってゆっくりと語り出す。

「そもそも、ウェインに勝った時点でSランクと見なされるだけの実力はあったはずだ。本来ならばすぐにでも試験を受けてもらいたかったが、お前さんたちは迷宮都市へ行ってしまったからな」

「あー、そういえばそうでしたね……」

「で、その後もすぐにヴァルデマールへ行ってしまったからな。受けてもらう暇がなかったのだよ」

「でもだからって、一気にAランクなんてありなんですか？」

「もちろん。だから、こうやって言ってるんだ」

「いや、でも……」

「頼む、受けてくれ。そうでないと俺の面子《メンツ》が立たん！」

この通り、とばかりに手を合わせて頼んでくるマスター。

事情はよくわからないが、俺がDランクのままでいるのは非常にまずいらしい。

となると、俺もいよいよAランクか……！

Sランクはある種の名誉職のようなものなので、実質的には最高ランクと言っても過言ではない。

その肩書の大きさに、何だかちょっとワクワクしてしまう。

Aランク以上が受けられる依頼というのも、たくさんあったはずだ。

昇格することができれば、今まで以上に冒険の幅が広がることだろう。

高ランクでなければ、立ち入ることのできない領域なんてものもある。

「とうとう俺たちが、ランクでも抜かれる時が来たか……」

「当然と言えば当然ですが、何だかちょっと寂《さび》しいですね」

「ボクも先輩面《せんぱいづら》できなくなっちゃうかなー」

「いやいや、追いつくなんてそんな。まだまだ若輩《じゃくはい》ですからね」

「お前がそんなこと言ったら、俺たちの立場がねえよ」

思わぬ吉報に、ガヤガヤと騒ぐ俺たち。

こうしてしばしの時が過ぎたところで、再びマスターが語り出す。

「それで、試験についてなのだがな。実は、ジークを名指しで依頼が入ってるんだ」

「え、俺を名指しですか？」

「その通りだ。たぶん、お前さんの実力を噂《うわさ》か何かで聞いたんだろうな。そこで、その依頼の達成をもって試験の合格としたい」

「なるほど。それで、内容は？」

俺がそう尋ねると、マスターは何やらもったいぶるように間を置いた。

そして、重々しい口調で告げる。

「ラテト山に住むゴールデンドラゴン。こいつを討伐するのを手伝ってほしいらしい」

おおお……ドラゴン!!

いよいよ登場したビッグネームに、俺は奮い立つ。

俺が今名乗っている偽名のジークも、もともとはドラゴン討伐で有名な英雄の名だ。

冒険者にとってドラゴンは、ある種の憧《あこが》れにして試練だ。

俺もドラゴンゾンビと戦ったことはあるが、ドラゴンそのものと戦ったことはない。

「ゴールデンドラゴンか……。強敵だな」

「相手に不足なしですね」

「それで、いつまでに達成すればいいのだ？」

俺たちが緊張する一方で、姉さんは至って平静な様子で尋ねた。

まあ、姉さんは既にドラゴンを何体も倒したことあるからな。

「期限は三週間だ。といっても、先方の事情に合わせてもらう」

「ん？　そういえばさっきも、手伝ってもらうとか言ってたな？」

「ああ。詳しいことは向こうで尋ねてくれ。それから……」

言葉を区切ると、マスターは何やら言いづらそうな顔をした。

そして、ライザ姉さんの眼を見て告げる。

「今回の依頼は、ジークの昇級試験だ。そこで、ライザ殿にはお休みしてもらう」

「なに……!?」

マスターの告げた、ある意味で当然といえば当然の言葉。

それに姉さんはたまらず絶句してしまう。

とにもかくにも、こうして俺たちの新たな冒険が始まるのだった――。

おまけ

ライザとロウガ

「……そう言えば、ライザと二人っきりってのは初めてだな」

時は遡《さかのぼ》り、ジークたちがエルマールに到着した翌日のこと。

ロウガとライザは、情報収集も兼ねて地元の冒険者ギルドで依頼を受けていた。

漁場を荒らす水棲モンスターの討伐《とうばつ》、Cランク。

なかなか受け手のいない依頼だったそうだが、二人からすれば簡単なものだった。

「うむ、言われてみればそうだな」

ロウガの言葉に、ふむと頷《うなず》くライザ。

仲間になって数か月が経《た》つが、二人だけになるのはこれが初めてだった。

常にジークかニノのどちらかが、一緒にいたからである。

「しかし、俺《おれ》がまさか剣聖と一緒に依頼に出るなんてな。人生、まったく何が起こるかわからんもんだぜ」

「む。その言い方、剣聖に対して何か思うところでもあるのか？」

「まあな。男として生まれたら、一度は最強に憧《あこが》れるもんだろ？　剣聖っつったら、まさに最強の代名詞だからな」

少年時代を思い出しながら、朗《ほが》らかに語るロウガ。

するとそれにつられて、ライザも楽しげに語り出す。

「別に男に限った話ではないだろう。私も、一番強くなりたくて剣術を始めた口だからな」

「そうなのか。それで実際に剣聖になるんだから、ほんとに大したもんだよ」

「いやむしろ、そういう動機だったからこそなれたのだろう。とにかく一番になりたかったからな！」

「なるほどな、好きこそものの上手なれってわけか」

「そういうことだ」

うんうんと満足げに頷くライザ。

しかしここで、ふとロウガは思う。

「……だが、それにしてはジークに対して厳しすぎねーか？」

「ん、どういうことだ？」

「ライザ自身は好きな剣術を思いっきりやって強くなったんだろう？　なら、ジークに対してもあんまり押さえつけない方がいいんじゃないのか？」

ロウガがそう尋ねると、ライザの表情が途端に曇った。

——まずい、藪蛇《やぶへび》だったか。

ロウガがとっさにそう思うものの、時すでに遅し。

ライザは勢いよく語り出す。

「ノアはな、向上心がないのだ！　放っておくとすぐに二番手に甘んじようとする！　この剣聖たる姉を踏み越えて、一番になろうとする気概がないのだ！　もっと大志を抱かなければ成長するものも――」

「ああ、わかったわかった！　ライザの考えは立派だな！」

ライザのあまりの勢いに、すっかり圧倒されてしまったロウガ。

彼はどうにか話題を切り替えようと、適当に話を振る。

「そ、そうだ。ライザは美容に気を遣っていたりするのか？」

「……何だ急に？」

「いや、レオニーダ様の一件があっただろ。あれは極端にしても何かしているのかなって」

「そうだな……」

顎《あご》に手を押し当て、考え始めるライザ。

そしてたっぷり時間を使ったのち……。

「特に思いつかん」

「ないのかよ！」

「必要ないからな」

「おいおい、ニノだっていろいろしてるぐらいだぜ?」

「そうなのか?」

「ああ。肌にいいとかいう水を顔につけてるぞ」

そう言うと、ロウガは両手で顔に何かを掛けるような仕草をした。

どうやら、水を被《かぶ》るニノの真似《まね》をしているらしい。

それを見たライザは、ふむと興味深そうな顔をする。

「最近の子どもはずいぶんとマセているな」

「いや、何もしてない方が珍しいと思うが」

「そういうロウガは、何かしているのか?」

「あたぼうよ!」

そう言うと、ロウガは白い歯を見せて笑った。

そして、自分がいかに努力をしているかを切々と語る。

豪快そうに見える彼だが、意外なところで身体には気を遣っているらしい。

それを聞いて、ライザは素直に感心する。

「なかなかの頑張りだな。感心した」

「ま、大人の男のたしなみだからな」

「だが、どうしてそこまで気を遣う?」

「そりゃもちろん、モテるために決まってるだろ」

ある意味で、全くぶれない返答であった。

……その頑張りを、もう少し別のことに向けられないのか？

ライザはついそう思ってしまった。

そして、ロウガから少しだけ距離を取って告げる。

「……あらかじめ言っておくが、私を狙《ねら》おうとは思うなよ？」

「思わねーよ!!」

ロウガの渾身《こんしん》の叫びが、遥《はる》か空高く響くのだった。

あとがき

読者の皆様、こんにちは。

作者のkimimaroです、まずは本書をお手に取って頂きありがとうございます。

このシリーズが始まってから、およそ一年半が過ぎましたでしょうか。まだ冬の寒い頃に、第一巻が書店に並んでいるかを見に行った覚えがあります。書き始めた当初は、これだけ長く続くシリーズになるとは思っておりませんでした。一巻につき一人ずつお姉ちゃんを出していくことと決めていたのですが、五人全員を出し切れるか不安だったものです。それが今回無事に五巻を迎え、最後の姉であるエクレシアを出すことが出来てとても感慨深く思っております。当初の構想を無事に達成することができ、人心地ついたような思いです。もし途中で刊行が途絶えてしまったら、作品として非常に中途半端になってしまいますから。

しかしながら、本作はこれにて完結というわけではございません。まだシリーズは続いていく予定ですので、これからもぜひよろしくお願いします。十巻、二十巻と続くようなシリーズを目指して参りますので、お付き合いいただけますと幸いです。

またコミカライズの連載も好評で、先日発売されました第一巻も重版出来となりました。こちら第二巻の発売に向けて連載が続いておりますので、見かけた際はぜひお手に取って頂けると幸いです。鈴木匡先生の作画は大変迫力がありまして、私もいつも楽しみにしております。

特に戦闘シーンは素晴らしいので、皆さまもぜひご覧になってみてください。
最後に、この場を借りて本書の制作と流通にかかわったすべての人々に感謝を。担当編集氏はもちろん、多くの方々に支えられて無事に第五巻を発売することが出来ました。昨今、何かと不穏な情勢ではございますが次巻も何卒よろしくお願いいたします。

二〇二二年　七月

ファンレター、作品の
ご感想をお待ちしています

〈あて先〉

〒106－0032
東京都港区六本木2－4－5
SBクリエイティブ（株）
GA文庫編集部 気付

「kimimaro先生」係
「もきゅ先生」係

本書に関するご意見・ご感想は
右のQRコードよりお寄せください。

※アクセスの際や登録時に発生する通信費等はご負担ください。

https://ga.sbcr.jp/

家で無能と言われ続けた俺ですが、世界的には超有能だったようです 5

発　行　　2022年8月31日　初版第一刷発行

著　者　　kimimaro

発行人　　小川　淳

発行所　　SBクリエイティブ株式会社

〒106－0032

東京都港区六本木2－4－5

電話　03－5549－1201

03－5549－1167（編集）

装　丁　　AFTERGLOW

印刷・製本　中央精版印刷株式会社

ISBN978-4-8156-1529-1

Printed in Japan　　GA 文庫